Ökodation 2028

Philipp Catterfeld
Alban Knecht

Ökodation 2028

BIBLIOGRAFISCHE INFORMATION DER DEUTSCHEN NATIONALBIBLIOTHEK

Die Deutsche Nationalbibliothek verzeichnet diese Publikation in der Deutschen Nationalbibliografie. Detaillierte bibliografische Daten sind im Internet über http://dnb.d-nb.de abrufbar.

Herstellung und Verlag:
Books on Demand GmbH, Norderstedt
Umschlaggestaltung: Isabel Huttner
Umschlagfoto: Michi Matthes
Satz und Layout: Michaela Neumayr
ISBN: 978-3-8334-9106-1

Ökodation 2028

Schauspiel

Für Katharina Kisslowski-Knesebeck

INHALT

PERSONEN

ANGEKLAGTER (FRANK)

RICHTERIN (ROSEMARIE)
VERTEIDIGER (KASPAR)
STAATSANWALT (GÜNTHER)
PROTOKOLLFÜHRERIN (genannt BABY, sehr hübsch)

PROF. DR. RER. NAT. EMIL KLEIN, Sachverständiger in
Umweltfragen
DR. JUR. DR. MED. GUNDULA BECKER, Sachverständige in Umweltfragen

PRÄSIDENT (JOSEF)
MAPS (Nicht mehr als 12 Medien-Assistenten und
Assistentinnen des Präsidenten)

GELBE ENGEL (sechs bis acht Tänzerinnen und
Tänzer)
BLAUE ENGEL (sechs fröhliche Kinder)

KATHARINA (Frau des Angeklagten, spielt nur in den
Videos)
HOCHZEITSGÄSTE (nur im Video)

1. Szene (Stammtischszene)

2028 – Frank, Kaspar und Günther sitzen schweigend auf einer Bierbank. In der Ecke links steht ein alter Bauernschrank. In der Ecke rechts föhnt Baby, die draußen vom Regen überrascht wurde, ihre Jeans trocken, die sie zu diesem Zweck ausgezogen hat. Neben ihr steht ein Stuhl, an dem Stuhl stehen ihre verdreckten High Heels. Frank, Kaspar und Günther schauen ihr zu.

FRANK *in Richtung Baby:* Mit dem Auto steckengeblieben?

Frank, Kaspar und Günther lachen dreckig.

ROSEMARIE *schmunzelnd:* Ach, lasst sie doch.

KASPAR *macht:* Brummbrumm.
Wieder können die Männer ihr Lachen kaum unterdrücken.

ROSEMARIE: Sie hat's gerade noch geschafft.

GÜNTHER *dreht einen imaginären Autoschlüssel rum.*
Wieder Prusten.

KASPAR: Du hast doch noch nie ein Auto gehabt.

Kaspar dreht selbst an einem imaginären Autoschlüssel, tritt mit dem linken Fuß eine imaginäre Kupplung durch, mit dem rechten Fuß spielt er an einem imaginären Gaspedal, dreht mit einer sehr exakten Bewegung an dem Autoschlüssel und macht dazu die typischen Anlassgeräusche mit dem Mund. Alle lachen, aber mehr und mehr aus Höf-

lichkeit. Dann verstummen sie wieder und betrachten Baby, die mittlerweile ihre Bluse föhnt.

GÜNTHER: Nach 100.000 Jahren kommt ein Komet mal wieder an der Erde vorbei und fragt: „Na, wie geht's denn so?" Sagt die Erde: „Schlecht." Fragt der Komet: „Wieso?" Sagt die Erde: „Ich hab gerade den Homo sapiens!" Sagt der Komet: …

BABY *gelangweilt:* … „Mach dir keine Sorgen, das geht auch vorbei."

Keiner lacht. Pause.

FRANK: Brummbrumm!

Schallendes Gelächter. Frank fängt das Träumen an.

BABY *zieht ihre Bluse wieder an und will sich an das andere Ende des einzigen Tischs setzen:* Ist da noch frei?

KASPAR: Heute kommt keiner mehr.

Baby setzt sich.

GÜNTHER *schaut anerkennend zu Baby:* Wir wundern uns ja schon über Sie.

KASPAR *anzüglich:* Ein echtes Wunder …

FRANK *wie in Trance:* Ein Neun-Elfer mit Beifahrer-Air-Bag. So was gibt Auftrieb.

Keiner lacht. Allen außer Frank ist es peinlich.

ROSEMARIE: Ach komm.

FRANK *langt in seine Hosentasche:* Ich habe sogar einen Schlüssel dafür.

ROSEMARIE: Jetzt reiß dich mal zusammen.

FRANK *zieht einen Autoschlüssel aus der Hosentasche:* Brummbrumm!

KASPAR *erstaunt:* Der muss ja mindestens 10 Jahre alt sein.

FRANK: Sieben. Vor sieben Jahren habe ich ihn das letzte Mal rein gesteckt. Lacht Baby an.

ROSEMARIE: Jetzt reicht es aber. Standgericht! Gerechtigkeit für jeden...

ROSEMARIE, GÜNTHER, BABY *im Chor:* ... und jeder für das Recht.

Alle schauen Kaspar an, weil er nicht mitgesprochen hat.

KASPAR *widerwillig, fast trotzig:* ... und jeder für das Recht.

GÜNTHER *nimmt Frank den Schlüssel weg:* Der ist konfisziert.

Black.

2. Szene (Anklage)

*Rosemarie als Richterin steht an einem Stapel Stapel-
stühle wie an einem Pult. Frank als Angeklagter erhält
von der Richterin einen Stapelstuhl und setzt sich ihr gegenüber. Baby als Protokollführerin bekommt auch einen
Stapelstuhl und setzt sich rechts neben die Richterin.
Während des ersten Teils der Verhandlung hat sie eine
Tastatur auf den Knien und tippt mit.*

*Günther kommt von links, während Kaspar von rechts
kommt. Im Abstand von ca. 2 Metern bleiben sie voreinan-
der stehen und halten inne. Sie spielen schweigend „Tipp-
topp". Dabei setzen sie – indem sie aufeinander zugehen –
abwechselnd einen Fuß direkt vor den anderen. Gewon-
nen hat derjenige, der noch als letzter seinen Fuß in die
verbleibende Lücke setzen kann. Gewinnt Günther, nimmt
er einen Stuhl von der Richterin in Empfang und setzt sich
auf die linke Bühnenhälfte als Staatsanwalt. Gewinnt Kaspar, nimmt er einen Stuhl von der Richterin in Empfang
und setzt sich als Verteidiger neben Frank. Der jeweilige
Verlierer auf die jeweils übrigbleibende Position. Rosemarie als Richterin setzt sich auf den letzten, verbleiben-
den Stapelstuhl.*

Richterin Rosemarie *versucht bestimmt aufzutreten,
wirkt aber unsicher:* Im Namen der Neuen Glorreichen
Demokratie: Sie sind angeklagt, in den Jahren 1997 bis
2018 ein Automobil geführt zu haben.
Pause.
Sie haben sich mitschuldig gemacht an der Klimaveränderung, im Zuge derer Länder und Landstriche verödet sind.

Sie haben sich mitschuldig gemacht an der Klimaveränderung, im Zuge derer Länder und Landstriche *sie stockt* überflutet wurden.
Sie haben sich mitschuldig gemacht an der Klimaveränderung, im Zuge derer ... *sie stockt wieder*

Staatsanwalt Günther: ... Konzerne und Volkswirtschaften ruiniert wurden. ...

Angeklagter Frank: Ganz schön spontan.

Richterin Rosemarie: Das hohe Gericht dankt der Staatsanwaltschaft für die Unterstützung.

Staatsanwalt Günther: Das Vortragen der Anklage ist im Übrigen Sache der Staatsanwaltschaft.

Richterin Rosemarie *entschuldigend:* Ach, ich bin völlig aus der Übung. Hier oben ...

Staatsanwalt Günther: Sie haben sich mitschuldig gemacht an der Klimaveränderung, im Zuge derer Nationen und Völker vertrieben und vernichtet wurden.
Sie haben sich mitschuldig gemacht an der Luftverschmutzung in Bodennähe, im Zuge derer Atemwegserkrankungen in tausendfachen Fällen zu Siechtum und Tod geführt haben – vor allem bei Kindern und älteren Menschen.

Verteidiger Kaspar *leise:* Ozon fehlt noch.

STAATSANWALT GÜNTHER: Sie haben sich mitschuldig
gemacht an der Veränderung der Ozonschicht, im Zuge derer Hautkrebs in tausendfachen Fällen zu Siechtum und Tod geführt hat.
Pause.

RICHTERIN ROSEMARIE: Danke.

STAATSANWALT GÜNTHER *zu dem Angeklagten:* Sie haben von den Folgen Ihres Handelns gewusst. Die Anklage lautet auf Mord.

ANGEKLAGTER FRANK: Ich verstehe nicht, was ihr von
mir wollt. Ich verstehe nicht, was ihr mir vorwerft. Ich
bin ein freier Mensch. Lassen Sie mich gehen!

Pause.

RICHTERIN ROSEMARIE *mit dem vorher konfiszierten
Autoschlüssel in der Hand:* Gehört Ihnen dieser VW-
Autoschlüssel?

ANGEKLAGTER FRANK: Und wenn?

RICHTERIN ROSEMARIE *auf eine Art Televisor („1984")
oder Flachbildschirm an der Wand deutend:* Außerdem
liegen uns die Kopien mehrerer Fahrzeugscheine –
ausgestellt auf Ihren Namen – vor.

*Der Angeklagte Frank zuckt nur mit den Schultern und
schweigt.*

RICHTERIN ROSEMARIE: Sie haben im Oktober 1996 Ihren Führerschein gemacht?

Der Angeklagte Frank schweigt.

RICHTERIN ROSEMARIE: Sie geben also zu, dass Sie in den Jahren 1997 bis 2018 ein Automobil geführt haben?

Der Angeklagte Frank schweigt.

VERTEIDIGER KASPAR *dem Angeklagten ins Gewissen redend:* Mensch, Habermas-Axiom: Ohne Gesprächsbereitschaft automatisch Höchststrafe.

ANGEKLAGTER FRANK: Das könnt ihr doch mit mir nicht machen. Sagt mal, habt ihr nichts Besseres zu tun.

VERTEIDIGER KASPAR: Autoschlüssel, Fahrzeugscheine, Führerschein – das sind doch bloße Indizien. Eine Straftat ist damit weder im Umfang noch in ihrer Intensität zu beweisen.

STAATSANWALT GÜNTHER: Gut, werden wir konkreter. In den Jahren 1997 bis 2004 haben Sie in Bad Gödeck gearbeitet, aber in Schwingenschlag gewohnt. Später haben Sie dann in Grünberg gearbeitet. Hin und zurück mussten sie also täglich fast hundert Kilometer zurücklegen. Auf welche Weise haben Sie diese Distanz zurückgelegt?

VERTEIDIGER KASPAR *leise zum Angeklagten:* Vorsicht!

ANGEKLAGTER FRANK: Meinen Sie, das hat mir Spaß gemacht: Hundert Kilometer zur Arbeit zu fahren? Ich war nach meinem Job in Bad Gödeck arbeitslos gewesen und habe natürlich etwas in der Nähe gesucht. Sie wissen, wie das damals war.

VERTEIDIGER KASPAR *leise zum Angeklagten:* Sehr gut!

RICHTERIN ROSEMARIE: Antworten Sie bitte auf die Frage. Auf welche Weise haben Sie diese Distanz zurückgelegt?

ANGEKLAGTER FRANK: Ich bin ein ausgesprochener Fan der Bahn. Ich bin eigentlich immer mit der Bahn gefahren, wenn's ging. Ich habe mich sehr für die Lokomotiven interessiert. Damals kannte ich alle Modelle auswendig. Der ICE 3 – 330 km/h – 10.880 PS. Ich bin allerdings immer mit dem Sechs-Zwölfer Neigetechnik gefahren: 160 km/h und nur 1.520 PS. Ich mag es so gerne, wenn draußen die Landschaft vorbei fliegt, immer die gleiche, aber auf jeder Fahrt sieht sie anders aus. Man ist dann so nah dran an der Natur.

RICHTERIN ROSEMARIE: Sie sind also immer mit der Bahn gefahren?

ANGEKLAGTER FRANK: Fast. Außer wenn ich abends lange arbeiten musste. Oder wenn es Probleme gab mit Verspätungen, langen Wartezeiten, liegengebliebenen Zügen ...

VERTEIDIGER KASPAR: ... umgestürzten Bäumen, Überschwemmungen, beschädigten Oberleitungen – so was gibt es ja immer wieder.

RICHTERIN ROSEMARIE: Und dann sind Sie mit dem Auto gefahren?

ANGEKLAGTER FRANK: 2005 haben wir eine Bürgerinitiative gegründet, die eine Verbesserung der Bahnverbindung von Schwingenschlag nach Grünberg forderte. Oft bin ich aber auch einfach zu Hause geblieben.

RICHTERIN ROSEMARIE: Und sonst?

ANGEKLAGTER FRANK: Auch in Bad Gödeck gab es eine Bürgerinitiative.

RICHTERIN ROSEMARIE: Machen Sie sich nicht lustig. *Sie gibt ab an den Staatsanwalt:* Herr Staatsanwalt!

STAATSANWALT GÜNTHER: 2007 haben Sie das Auto, das Sie 2001 neu gekauft hatten, mit 150.000 km in der Grünberger Zeitung inseriert.

ANGEKLAGTER FRANK: Mit dem Wagen sind alle möglichen Leute gefahren: Katharina, meine Lebensgefährtin, Susanne, die mit uns gewohnt hat, sogar Herr Meier von gegenüber hat sich ab und zu mal den Wagen ausgeliehen.

STAATSANWALT GÜNTHER: Ich beantrage die Vorführrung von Videomaterial V1.

RICHTERIN ROSEMARIE: Gewährt.

VIDEO PARKPLATZ
Protokollführerin Baby führt den Film auf dem Televisor mittels ihrer Tastatur vor. Jetzt-Zeit: Man sieht einen Wagen mit Schwung in eine reservierte Parklücke fahren, die sich in unmittelbarer Nähe des Theaters befindet. Der Angeklagte (als junger Mann) steigt aus. Das Video wird idealerweise an dem Abend des Auftritts gedreht und soll die Autos der Zuschauer beziehungsweise die zum Theater gehörenden Parkplätze zeigen.

RICHTERIN ROSEMARIE: Geben Sie zu, dass Sie die Person sind, die auf dem Video zu erkennen ist?

ANGEKLAGTER FRANK: Ich vermute, dass diese Aufnahme aus dem Jahr 2007 stammt.

STAATSANWALT GÜNTHER: Das war im [aktueller Monat /aktuelles Jahr].

RICHTERIN ROSEMARIE etwas ungehalten: Ihr Auto?

ANGEKLAGTER FRANK: Eines von vielen.

RICHTERIN ROSEMARIE: Handelt es sich um Ihr Auto?

ANGEKLAGTER FRANK: Ja, das war der Wagen, den wir gemeinsam genutzt haben.

RICHTERIN ROSEMARIE: Aber dort sind Sie alleine gefahren?

ANGEKLAGTER FRANK: Das Video lässt das vermuten. *Pause.* Ich konnte nicht anders.
RICHTERIN ROSEMARIE: Warum?

ANGEKLAGTER FRANK: Ich weiß es nicht mehr genau, aber ich bin eigentlich immer nur gefahren, wenn es gar nicht anders ging.

RICHTERIN ROSEMARIE: Das war in [Ort der Aufführung], genauer gesagt in [Stadtteil, Straße am Ort der Aufführung.]

ANGEKLAGTER FRANK: Dort hat meine damalige Lebensgefährtin gewohnt, wir hatten eine Fernbeziehung und haben uns sowieso nur selten gesehen.

RICHTERIN ROSEMARIE: Sie sind also auch in der Freizeit Auto gefahren?

ANGEKLAGTER FRANK: Ich habe Ihnen doch gesagt: nur wenn es gar nicht anders ging. Wir hätten uns sonst noch seltener gesehen. Stellen Sie sich das nicht zu einfach vor.

STAATSANWALT GÜNTHER: Er hat einfach kein Schuldbewusstsein!

VERTEIDIGER KASPAR: Mein Mandant hat nicht gegen geltendes Recht verstoßen.

RICHTERIN ROSEMARIE: Damals.

VERTEIDIGER KASPAR: Damals sind alle Auto gefahren.
RICHTERIN ROSEMARIE: ... und haben die Folgen ihres Handelns wissentlich in Kauf genommen.

ANGEKLAGTER FRANK: ... und mich wollt ihr jetzt zur Rechenschaft ziehen?

RICHTERIN ROSEMARIE: Aus moralischen Gründen – Gerechtigkeit für jeden.

STAATSANWALT GÜNTHER: Und Sie wissen ja: Mord verjährt nie!

Black.

3. Szene (PS-KZ-Szene)

Möglich wäre: Die Richterin, der Staatsanwalt und die Protokollführerin haben jeweils einen Ohrenstöpsel im Ohr. Dadurch, dass sie die flache Hand auf der entsprechenden Seite neben der Schläfe, aber ohne den Kopf zu berühren, auf und ab führen, können sie die Feineinstellung der Netzhautprojektionen regeln und die aktuell benötigten Informationen anpeilen.

Möglich wäre auch: Die Richterin, der Staatsanwalt und der Verteidiger blättern und wühlen unablässig in ihren (papierenen) Akten und alle nicht benötigten oder abgearbeiteten Papiere lassen sie einfach auf den Boden fallen.

RICHTERIN: Ihre Biographie weist einige Auffälligkeiten auf. Mit 16 Jahren haben Sie schon mit der Polizei zu tun gehabt.

ANGEKLAGTER: Oh Gott, die „Autoknast"-Aktion. Dafür würde ich heute einen Orden bekommen!

RICHTERIN: Wie bitte?

ANGEKLAGTER: Wir sind damals Samstagnachmittags losgezogen und haben das ein oder andere Parkhaus zugemauert. Wir wollten die Leute dazu zwingen, ihre Autos stehen zu lassen. Mich haben sie natürlich erwischt: Nötigung. Ich musste dann zehn Samstage lang Unkraut auf einem Grünstreifen der A9 jäten. Die anderen aus unserer damaligen Aktionsgruppe „PS-KZ" haben sich klüger angestellt. Einer von ihnen ist heute Präsident der Republik.

STAATSANWALT: Jeder weiß, dass unser Präsident von 1992 bis 1995 in Berlin bei der Gruppe „Ozonalarm" aktiv war. Und nicht in irgendeinem Kaff Parkhäuser zugemauert hat.

ANGEKLAGTER: Der Austausch zwischen beiden Gruppen war sehr rege. Bad Gödeck und Berlin standen in engem Kontakt. Samstags, beim Parkhäuserzumauern in Bad Gödeck – da war der Josef eigentlich immer mit dabei.

STAATSANWALT: Bitte erdichten Sie keine Vertraulichkeiten zu unserem Staatsoberhaupt.

ANGEKLAGTER: Katharina könnte das bezeugen. Sie hat damals die Funktion einer Botin gehabt, brachte Informationen hin und her, vermittelte bei Konflikten.

RICHTERIN: Ihre Frau?

ANGEKLAGTER: Ja, später.

RICHTERIN: Sie kann keine Aussage machen!

ANGEKLAGTER: Sie hatte die Gruppe zusammengehalten.

STAATSANWALT: Nach ihrem Engagement hat sie als Erste einen Job in der Industrie angenommen – auf Karriere gesetzt.

ANGEKLAGTER *den Staatsanwalt ignorierend:* Jugendsünden! ... Sie könnte das bezeugen!

RICHTERIN: Sie ist tot!

ANGEKLAGTER: Eine Prinzessin! Natürlich stand sie damals auch zuerst auf den Josef. Diese Autorität, diese Zielstrebigkeit, immer zu wissen, was richtig ist ...

STAATSANWALT: Über wen reden Sie?

ANGEKLAGTER: ... – er war immer unheimlich konsequent: Kein Auto, keine Flugreisen, kein Wintersport. Diese ewige Askese! Bewundernswert. Aber sie kam damit nicht zurecht. Sie liebte die Berge, das Mittelmeer ...

RICHTERIN: Später war sie dann mit Ihnen zusammen?

ANGEKLAGTER: Sie wollte die Welt sehen. Die Gödecker Heide war ihr schon lang nicht mehr genug. Und sie hasste Fahrradfahren.

STAATSANWALT: 1997 haben Sie sich ja dann auch ein Auto gekauft.

ANGEKLAGTER *in Erinnerungen schwelgend:* Watzmann, Drei Zinnen, Rosengarten. Da sind wir uns näher gekommen.

STAATSANWALT: War das alles?

ANGEKLAGTER: Montalcino, Montepulciano, der schwarze Strand am Fuße des Strombolis …

RICHTERIN *seine Erinnerungen unterbrechend:* 2001 haben sie dann geheiratet.

STAATSANWALT: Hochzeitsreise nach Ägypten. Ich beantrage die Vorführung von Videomaterial V2.

RICHTERIN: Gewährt.

VIDEO HOCHZEIT
Die Protokollführerin führt den tonlosen Film mittels Laptop und Beamer vor.

2001: Bräutigam und Braut erscheinen im Tor des Bad Gödecker Rathauses. Freunde und Verwandte jubeln, werfen Reis, das Übliche. Das Video ist offensichtlich bearbeitet: Der Kopf eines Gastes ist durch Rasterung unkenntlich gemacht. Das Brautpaar verabschiedet sich nach und nach von allen Gästen. Schließlich bekommen beide noch von ihren Freunden zwei Tropenhelme aufgesetzt. Das Paar steigt in einen alten Mercedes. Im Wegfahren erkennt man auf dem „Just Married"-Schild zwei Pyramiden.

Nach der Videovorführung sind alle peinlich berührt. Der Staatsanwalt und die Protokollführerin sperren den Angeklagten in den Schrank. Der Staatsanwalt dreht den Schlüssel um und zieht ihn ab. Die Protokollführerin sichert den Schrank mit einem Besen, den sie durch die Griffe schiebt.

Black.

4. Szene (Professorenszene)

Am nächsten Tag – Die Protokollführerin (Besen) und der Staatsanwalt (Schlüssel) lassen den Angeklagten wieder aus dem Schrank. Auf der Bühne steht eine Art Schultafel. Alle bis auf den Staatsanwalt sind auf ihren Plätzen. Ein schwarz gekleideter Medien-Assistent des Präsidenten (MAP) in einem uniformähnlichen Bühnenarbeiter-Outfit stellt ein Mikrofon an den Bühnenrand und flüstert der Protokollführerin etwas („Spracherkennung") ins Ohr. Die Protokollführerin bedankt sich stumm und legt die Tastatur weg. Der MAP nimmt die folgende Szene mit einer Kamera auf. Vor der Tafel stehen die Experten Prof. Dr. rer. nat. Emil Klein und Dr. jur. Dr. med. Gundula Becker. Am Bühnenrand befindet sich ein kleiner Monitor, vor dem ein zweiter MAP sitzt. Im Laufe der nächsten Szenen kommen immer mehr MAPs hinzu, die immer dreister filmen und fotografieren. Die Richterin trägt mittlerweile einen schwarzen Talar.

PROFESSOR KLEIN: ... natürlich hat die Natur eher einen Guerillakrieg geführt. Sie musste sich ja irgendwann wehren. Ob Überschwemmung oder Temperaturerhöhung, keiner konnte die nächste Katastrophe vorhersagen – aber jeder ahnte, dass etwas aus dem Gleichgewicht geraten war. Tausende konkurrierende Szenarien, all das trug nicht dazu bei, dass die Menschen diesen neuen Umweltveränderungen adäquat begegneten. Gegen einen Frontalangriff der Natur hätten wir uns viel besser wehren können, Gegner und Strategie wären sofort klar gewesen. Doch alles deutete darauf hin, dass die lange Jagd nach immer weiterem Wirtschaftswachstum Umweltexponentiale los getreten hatte, gegen die wir Menschen machtlos waren. Bis zweitausend...

RICHTERIN: Hätte, würde, können: Bleiben Sie bitte bei den Fakten, Herr Professor.

Der Staatsanwalt begibt sich möglichst unauffällig auf seinen Platz. Die Richterin wartet bis der Staatsanwalt sitzt.

RICHTERIN: Frau Dr. Becker, können Sie das, was Herr Professor Klein gesagt hat, bestätigen?

DOKTOR BECKER: Wenn man sich die Zahlen anschaut, kann von einer Guerillataktik überhaupt nicht gesprochen werden, höchstens von einem breiten Spektrum bei der Wahl der Waffen, eine durchaus moderne Vorgehensweise.

Seit 1998 ist ein kontinuierlicher Anstieg der Opfer zu beklagen. *Doktor Becker zeichnet eine Exponentialfunktion auf die Tafel.* Hier in 2012 *deutet auf die Funktion* überstieg die Anzahl der Umweltopfer erstmals die Anzahl der Verkehrsopfer.

Deutlich über dieser Exponentialfunktion liegt das Jahr 2015. *Sie zeichnet eine senkrechte Linie in die Funktion bei x=2015.* Wegen der damaligen Probleme bei der Evakuierung von Hamburg. Amtlich waren 78.586 Opfer zu beklagen. Trotz des einheitlichen exponentiellen Anstieges sind wir wissenschaftlich verpflichtet, die verschiedenen Todesursachen genau auseinanderzuhalten.

Tod durch Siechtum und Hitze, in Frankreich schon in den frühen 2000ern zu beobachten, spielte in Deutschland erst seit 2013 die führende Rolle. Mit ein Grund für den exponentiellen Anstieg. Opfer durch Überschwemmungen treten naturgemäß nur episodisch auf, Häufungen sind erst seit 2017 zu beobachten.

Die erhöhte Sonneneinstrahlung begann ja lange vor der Jahrtausendwende und betraf insbesondere die geburtenstarken Jahrgänge. Spätwirkungen durch Hautkrebs treten verstärkt seit 2020 auf. In jenem Jahr hatten wir 400.000 Erkrankungen und 12.000 Todesopfer. ...

PROFESSOR KLEIN: Bei nicht-melanomem Hautkrebs hat jede einprozentige Abnahme des stratosphärischen Ozons eine durchschnittliche jährliche Zunahme der Fälle von 1 bis 6 Prozent zur Folge. Bei Plattenepithelkarzinomen und Basalzellkarzinomen variiert dieser Prozentsatz zwischen 1,5 und 2,5 Prozent.

RICHTERIN: Bitte keine weiteren Details, Herr Professor.

PROFESSOR KLEIN: Eine ähnliche Verteilung und ähnliche Betroffenen-Quoten haben wir bei den Atemwegserkrankungen. Eine Schätzung der Sterblichkeitsrate in Verbindung mit Langzeit-Exposition in den europäischen Städten – insgesamt 80 Mio. Einwohner – hat schon 2003 ergeben, dass etwa 60.000 Todesfälle pro Jahr auf Langzeit-Exposition gegenüber Luftverschmutzung durch Schwebstoffe zurückgeführt werden können, wenn der Wert von 5 Mikrogramm pro Kubikmeter überschritten wird.

RICHTERIN: Keine Details, Herr Professor Klein.

PROFESSOR KLEIN: Alles in allem für die Zeit von 2000 bis 2023 *schraffiert die Fläche unter der Exponentialfunktion und zeichnet ein Integralzeichen an die Tafel* mehr als 3,2 Millionen Opfer alleine in Deutschland.

PROTOKOLLFÜHRERIN: 6 Millionen?

DOKTOR BECKER: 3,2 Millionen. Weltweit und für die Jahre 2024 bis heute stehen uns keine genauen Zahlen zur Verfügung.

Nun zu den volkswirtschaftlichen Schäden: Sie betrugen in Deutschland nach Zahlen des Fraunhofer Instituts bereits Anfang der 90 Jahre des letzten Jahrtausends bis zu 300 Milliarden Dollar pro Jahr, ein Fünftel des Bruttosozialproduktes. Für Deutschland betrug die Gesamtsumme der Schäden für die Zeit von 2000 bis 2023 circa das Fünfzehnfache des Bruttosozialproduktes von 2000, nicht eingerechnet sind die Vermögensverluste durch die Überschwemmung der Uferregionen. Sonst kämen wir vermutlich auf den Faktor 18 bis 20.

PROFESSOR KLEIN: 3,2 Millionen Opfer. Das sind vier Prozent der Bevölkerung. Anders gesagt: Jeder fünfundzwanzigste – in 23 Jahren. Anders gesagt: In 23 Jahren warfen jeweils 24 Menschen den 25. der Umweltkatastrophe zum Fraß vor. Doch das beruhigte die

Bestie nicht. Bereits 2027 er deutet auf die Exponentialfunktion schätzt man für Deutschland die Todesrate auf 0,5.

ANGEKLAGTER: Moment mal, das ist doch ein bisschen sehr einfach? Was soll denn Statistik mit meinem Leben zu tun haben.

RICHTERIN: Wir wussten doch alle, was wir taten. *Pause – notiert sich etwas in ihren Akten.* Nur die weitreichenden Auswirkungen wollten wir nicht wahr haben. *Pause – weitere Notiz.* Ich danke den Sachverständigen für ihre Ausführungen.

Black.

5. Szene (Italienerszene)

*Der Staatsanwalt und der Verteidiger tragen jetzt Anzüge,
die Protokollführerin ein Kostüm. Nur der Angeklagte
trägt weiterhin seine Freizeitkleidung.*

RICHTERIN: Durch Ihre Beziehungen müssen Sie ja gut informiert gewesen sein. Seit wann wussten Sie über die Folgen Bescheid?

ANGEKLAGTER: Die Voraussagen des 1. Berichts des Club of Rome haben sich spätestens zur Jahrtausendwende als reine Hysterie herausgestellt.

RICHTERIN: Sie haben regelmäßig den Gödecker Merkur gelesen. Sie wussten also Bescheid: 140.000 Tote in Bangladesch im Jahre 1991, Überschwemmungen waren seit Mitte der 90er an der Tagesordnung, Feuertote in Portugal im Jahr 2003, der Untergang von New Orleans 2005, Feuertote in Griechenland 2007, die Evakuierung der Niederlande nach Sachsenanhalt [aktuelles Jahr + 1].

ANGEKLAGTER: Aber was war Zufall und was war Menetekel? Die einen klagten über das Waldsterben, andere über die Verlängerung der Vegetationsphase. Die einen kämpften gegen das Ozonloch, die anderen gegen das Bodenozon. Es gab Dürrejahre und Überschwemmungen, Mindermeinungen und Mainstream.

RICHTERIN: Aber auf der Grundlage von solchen Unsicherheiten mauert man doch keine Parkhäuser zu.

ANGEKLAGTER: Aus der „PS-KZ" bin ich ja auch im Jahre 1996 ausgeschieden. Die haben nur noch an das Skipisten-Salzen gedacht und die Sprengung der Hauptverkehrswege über die Alpen vorbereitet. – Sie wissen schon, diese Aktion „Bienensummen statt Lasterbrummen."

STAATSANWALT: „Bienensummen statt Lasterbrummen" hat unsere Gesellschaft entscheidend voran gebracht und war ein wichtiger Beitrag zur Ökologisierung der Gesellschaft!

ANGEKLAGTER: 1996 ...

STAATSANWALT: 1996 sind Sie aus der „PS-KZ" ausgeschieden. Das war wohl der Grund dafür, dass Sie dann gleich den Führerschein gemacht haben und sich 1997 ein Auto gekauft haben.

ANGEKLAGTER: Das habe ich doch schon erwähnt. Ich bin nach der Lehre arbeitslos geworden und habe eine Arbeit gesucht. Etwas in der Nähe. Dann musste ich einen Job in Schwingenschlag annehmen, das Arbeitsamt stand mir im Rücken. Überstunden bis spät in die Nacht. Ich konnte da nicht immer mit der Bahn fahren.

STAATSANWALT: Watzmann, Drei Zinnen, Rosengarten. Da sind Sie hingefahren.

ANGEKLAGTER: Die Firma hat dann 2002 Pleite gemacht. Und ich war wieder arbeitslos. Wir wollten Kinder. Wir hatten große Pläne. Und schließlich musste ich sogar eine Arbeit in Grünberg annehmen. Das war noch weiter entfernt.

ANGEKLAGTER: Montalcino, Montepulciano, der schwarze Strand am Fuße des Strombolis ...

ANGEKLAGTER: Wir haben uns das gegönnt. Schließlich haben wir auch viel gearbeitet. Das war ich mir ... – ach, was rede ich denn: Das waren wir uns einfach wert.

RICHTERIN: Aber Sie wollten doch ökologisch bewusster leben?

ANGEKLAGTER: Einmal sind wir mit dem Zug in die Toskana gefahren. Nach ein paar Tagen Regen hatte Katharina das naturverbundene Leben in der Kulturlandschaft satt. Wir begannen Ausflüge mit den öffentlichen Verkehrsmitteln. Zwei Tage später mussten wir in einem leeren Stall übernachten, es fuhr kein Bus mehr. Katharina sagte in dieser Nacht an die tausend Mal: Das nächste Mal fahren wir mit dem Auto. Ich sagte gar nichts mehr.

RICHTERIN: Was haben Sie dann gemacht?

STAATSANWALT *ironisch:* Es war doch bestimmt romantisch?

ANGEKLAGTER *eher traurig:* Es war kalt und klamm, von Romantik keine Spur. Am nächsten Morgen sind

wir müde und ungewaschen, die Haare voller Stroh
von einem schmierigen Italiener nach Siena mitgenom-
men worden. Er erzählte ihr seine Geschichten von
seinem roten Alfa Romeo, der angeblich immer das
Meer anblinkte. Sie lachten und sprachen von den Ge-
schäften in Siena und der Mode aus Italien. Ich saß
hinten. Mir ist schlecht geworden von den engen Kur-
ven.

RICHTERIN: Nach Siena sind Sie gefahren?

ANGEKLAGTER: Beim Aussteigen fühlte ich zum ersten Mal die Enge und Peinlichkeit meines Lebens.

RICHTERIN: Sie hatten doch nichts falsch gemacht?

ANGEKLAGTER: Der Italiener sah mich an, als hätte ich
Katharina grün und blau geschlagen. Ich wusste, ich
hatte etwas gutzumachen.

RICHTERIN: Wieso denn gutmachen?

ANGEKLAGTER *etwas apathisch:* Ich schlug vor, einen
Mietwagen zu nehmen. Katharina zögerte erst und
stimmte dann zu.

RICHTERIN: Hatten Sie keine Bedenken mehr?

ANGEKLAGTER: Auf der Heimfahrt summte sie die
ganze Zeit alte Beatles-Lieder.

RICHTERIN: Und Ihr Gewissen?

ANGEKLAGTER: Ich war umgefallen. Und sie wusste, dass sie auf mich zählen konnte. Dass sie mir wichtiger war als alles andere.

STAATSANWALT: Ein Sieg der Prinzessin?

ANGEKLAGTER: Bei ihrem Exfreund war ihr das nicht gelungen. Aber das habe ich erst viel später verstanden.

STAATSANWALT: Das alte Problem: Sex für Kilometer. Und, haben Sie sich dann besser gefühlt?

ANGEKLAGTER: Was bieten Sie denn Ihrer Frau? Urlaub vor dem Fernseher?

Black.

Tanz der Gelben Engel.

Gelbe Engel tanzen zu folgendem Dialog, den sie entweder auch wechselweise sprechen oder den man aus dem Off hört, eine Art Quadrille oder Menuett, bei der oder dem auch die Autoschlüssel-Rumdrehbewegung angedeutet wird. Sanfte Werbungsstimmen.

A: Sie haben alles gezahlt.
B: Wer?
A: Bei dem Unfall in Spanien haben sie sämtliche Kosten übernommen.
B: Wer?
A: Sie sind für den Blechschaden aufgekommen.
B: Abzüglich Selbstbeteiligung!?
A: Nein, sie haben auch die gesamten Krankenkosten übernommen.
B: Haben sie auch den Leihwagen bezahlt?
A: Selbstverständlich.
B: Wer sind denn nun eigentlich „sie"?
A: Na, die gelben Engel!
B: Haben sie auch für die Beteiligung an der Umweltkatastrophe gezahlt?

Musik setzt aus, die Tanzenden bleiben stehen. Nach einer Zeit geht das Licht an und man sieht, dass die Anzahl der MAPs zugenommen hat. Sie haben auch das Zwischenspiel aufgenommen und laufen jetzt mit immer größerer Selbstverständlichkeit auf der Bühne hin und her, um ihre Filmaufnahmen zu machen.

Black.

6. Szene (Verteidigerszene)

STAATSANWALT: Im Namen der Neuen Demokratie: Sie sind angeklagt, in den Jahren 1997 bis 2010 ein Automobil geführt zu haben.
Sie haben sich mitschuldig gemacht an der Klimaveränderung, im Zuge derer Länder und Landstriche verödet sind.
Sie haben sich mitschuldig gemacht an der Klimaveränderung, im Zuge derer Länder und Landstriche überflutet wurden.
Sie haben sich mitschuldig gemacht an der Klimaveränderung, im Zuge derer Konzerne und Volkswirtschaften ruiniert wurden.
Sie haben sich mitschuldig gemacht an der Klimaveränderung, im Zuge derer Nationen und Völker vertrieben und vernichtet wurden.
Sie haben sich mitschuldig gemacht an der Luftverschmutzung in Bodennähe, im Zuge derer Atemwegserkrankungen in tausendfachen Fällen zu Siechtum und Tod geführt haben – vor allem bei Kindern und älteren Menschen.
Sie haben sich mitschuldig gemacht an der Veränderung der Ozonschicht, im Zuge derer Hautkrebs in tausendfachen Fällen zu Siechtum und Tod geführt hat.

ANGEKLAGTER: Ich liebe die Monotonie dieser Spontaneität.

RICHTERIN *zurechtweisend:* Herr Angeklagter, ich bitte Sie. *Pause.* Herr Angeklagter, bekennen Sie sich schuldig im Sinne der Anklage?

ANGEKLAGTER: Ich kann mich in der Anklage nicht erkennen.

STAATSANWALT: Herr Verteidiger, Sie haben bis jetzt geschwiegen. Wollen Sie Ihrem Mandanten nicht mal zur Seite stehen?

VERTEIDIGER *fährt auf, räuspert sich:* Dass ich in diesem Prozess überhaupt zu Wort kommen würde, hätte ich nicht gedacht. *Pause, holt Luft.* Hohes Gericht, die Freiheit, die Sie hier unterstellen, existierte in keiner Weise. Und das galt für das tägliche Tun wie für die Moral. Unser Leben wurde bestimmt durch tausend Gegebenheiten, die, wollte man sie in sinnvolle Zusammenhänge bringen, schon unsere ganze Aufmerksamkeit beanspruchten. Für jeden Bereich gab es selbsternannte Experten des Alltags. Es gab Leute, die wussten, wie viele LKW-Kilometer ihr Joghurtbecher gefahren ist und wie viel Kerosin der Transport ihrer Frühstücksbanane brauchte. Es gab Leute, die rechneten am liebsten die Kilowattstunden ihrer Energiesparbirnen zusammen, andere waren stolz auf ihre mit hauseigenen Biogasen betriebene Etagenheizung. Wieder andere belegten Kurse für benzinsparendes Fahren, die von namhaften Automobilherstellern anboten wurden. Es gab Fahrradfahrer, Mülltrenner, Kaltduscher, Vor-der-Ampel-Ausroller, Tageslichtnutzer, Zeitungsmitleser und Pfandflaschen-Alkoholiker. Jeder hat sich irgendwie bemüht, aber unvorstellbar in dieser Welt wirklich in allen Bereichen ökologisch gelebt zu haben.

STAATSANWALT: Ja, erst nach der Großen Deutschen Revolution kam System ins ökologische Handeln!

VERTEIDIGER: Doch in grauer Vorzeit musste jedes Autoschlüssel-Zücken noch selbstständig moralisch reflektiert werden. *Er steht auf und redet im Gehen weiter.* Wenn ich am Beginn dieses Jahrtausends zum Einkaufen gefahren bin, war das eine Schnäppchen-Jagd quer durch die Stadt. Damals war mir meine Ökobilanz doch egal, wenn ich am anderen Ende der Stadt einen Sack Biokartoffeln zu einem günstigen Preis kaufen konnte. War der Kofferraum voll, brachte ein Sonderangebot Biokartoffeln den Spritpreis für fast jede Strecke wieder rein. Wäre ich mit den öffentlichen Verkehrsmitteln gefahren, hätte ich Stunden gebraucht. Und wie hätte das ausgesehen: Der junge, aufstrebende Anwalt sitzt in der U-Bahn auf einem Sack Kartoffeln. Geld sparen, Zeit sparen und dabei alle gegebenen technischen Möglichkeiten nützen – das war damals die Devise.

STAATSANWALT: Die Ökosteuer war doch nur ein Ablasshandel. Jeder, der es sich leisten konnte, durfte weiterhin eine Umweltsau sein. Erst nach der freiwilligen Rationierung des Benzins, die auf der 3. Delegiertenversammlung beschlossen wurde, konnten wir für unsere Umwelt wieder Hoffnung schöpfen.

VERTEIDIGER: Natürlich. *Er macht ein paar Schritte auf den Staatsanwalt zu, lüpft dessen linke Jackettseite und erspäht ein Etikett.* Aber da hat man auch schon bei

Gina Calami seine Anzüge im Jutebeutel nach Hause getragen.

Eine von nun an stetig zunehmende Überschwemmung kündigt sich an: Von den Seiten läuft Wasser auf die Bühne, Pfützen entstehen, man hört Blubbern und Glucksen. Die Beteiligten ziehen nach und nach ihre Schuhe aus, stellen Dinge hoch, die nass werden könnten, krempeln sich die Hosen hoch.

STAATSANWALT: Kartoffelsäcke – Calami! Sie haben nicht verstanden, was hier verhandelt wird. *Zieht sich die Schuhe aus, während er den Ausführungen des Verteidigers folgt.*

VERTEIDIGER: **Sie** haben nicht verstanden, was hier verhandelt wird. Stellen Sie sich eine Szene in der U-Bahn vor. Neben einem Menschen in einem Calami-Anzug sitzt auf einem Kartoffelsack ein, ein ... eben der Käufer dieses Sackes voller Biokartoffeln – er ist etwas geschafft, 20 Kilo sind kein Pappenstil. Komischerweise wird man sich ja nicht vorstellen, dass dieser Biokartoffelsackkäufer auch einen Anzug trägt. Stellen Sie sich also vor, Sie steigen zu. Die Türen schließen, der Zug fährt an – und auf einmal sind Sie sich gar nicht mehr sicher, ob Sie in die richtige Richtung fahren. Wen fragen Sie?
Pause.
Sehen Sie. Eben. Lange Zeit sah es so aus, als ob jeder vernünftige Mensch sich eher an einen Calami-Anzug-Träger denn an einen Kartoffelsackträger wenden würde. Es hat lange gedauert, vielleicht zu lange, bis der Träger eines Kartoffelsacks soviel Anerkennung be-

kommen hat wie der Träger eines Calami-Anzugs. Und wenn wir ganz ehrlich sind: Eigentlich haben wir dieses Ziel nie erreicht!

STAATSANWALT: Verödung und Überflutung von Ländern, ruinierte Volkswirtschaften, Vernichtung und Vertreibung von Völkern, Siechtum, Tod. Und Sie reden von Kartoffelsäcken und Calami? *Er schmeißt seine Schuhe im hohen Bogen in irgendeine Ecke.*

VERTEIDIGER: O, grausame Begrifflichkeit. O, tödliche Abstraktion. Aber damals haben die Leute an Calami-Anzüge und ihren silbermetallic lackierten Personenkraftwagen geglaubt. – Wie lange hat es gedauert bis Kinofilme automobilen Inhalts nicht mehr ausgestrahlt werden durften ... *Pause.* Sparen, Askese, Nachhaltigkeit: Jeder lebt nur einmal. Wie sollte man an diesem Leben sparen? Leben ist Begehren, Ausdehnung, Vermehrung, Mobilität. Die Grenze ist immer nur die zur Verfügung stehende Energie. Alles was machbar ist, will getan werden. Das sind die Grundgesetze des Lebens. Alles andere ist die Verleugnung des Wunsches ein interessantes Leben zu führen, also ohne Reisen, Angeben und Sich-in-Szene-setzen. Ein ökologischer Lebensstil kann nur in der Selbstverleugnung enden – die ganz private Vorwegnahme der großen Katastrophe. Ohne Auto auf einem ungeheizten Ökohof sitzen und selbstgezogene Kartoffeln mampfen, wäre ein Beispiel. Ein anderes wäre: ...

Der Präsident tritt auf. Er nickt in die Runde und wird dabei gefilmt. Dem Verteidiger bleibt das Wort im Hals stecken.

ANGEKLAGTER *eher leise und nebenbei:* Grüß dich, Sepp.

Der Präsident positioniert sich ohne ein Wort zu sagen, an einem Platz, der seine Erhabenheit unterstreicht. Er hat eine nasse Hose an. Stumm verfolgt er das Geschehen.

STAATSANWALT *vorsichtig triumphierend:* Ein anderes Beispiel, ein leuchtendes Beispiel wäre jemand, der sein ganzes Leben dem Kampf gegen die Katastrophe geopfert hat.

VERTEIDIGER *etwas aus dem Konzept:* Was ich eigentlich sagen wollte: Wenn dieser Prozess zu einer Verurteilung führt, heißt das, dass man auch in unserer alten Demokratie richtig hätte leben können.

STAATSANWALT: Ja, genau.

VERTEIDIGER: Unsere Umweltdemokratie ist aber entstanden, weil die alte Demokratie versagt hat. Unsere Umweltdemokratie ist nicht entstanden, weil der Einzelne versagt hat. Der war, wie mein Mandant auch, völlig überfordert. Erst in der Neuen Glorreichen Demokratie konnte er endlich willensgemäß umweltgerecht handeln ...

ANGEKLAGTER: Was soll denn das werden? Wollen Sie mich entmündigen?

VERTEIDIGER: Pssst! ... konnte er endlich willensgemäß umweltgerecht handeln und entsprechend seiner

Entsprechung leben. Die Arbeits-Auto-Wohlstands-Demokratie hat ein solches Leben nicht erlaubt. Freie Handlungen erfordern wahre Handlungsspielräume. Freie Handlungen erfordern ungekannte Zeit-Raum-Dimensionen: Leben organisieren, Arbeit organisieren, Vermehrung organisieren, Aufzug des Nachwuchs organisieren, Alt-Werden organisieren, Sterben organisieren – und dafür haben wir nur ein Leben lang Zeit. Erst wenn für alle Handlungen ausreichend Zeit besteht, um sie zu tun, um sie zu unterlassen, um sie für die Zukunft zu planen, erst dann können wir von Freiheit sprechen.

RICHTERIN: Also erst wenn wir Zeit und Raum haben, alles zu tun, sind wir frei? Wenn wir aber nicht ewig Zeit haben – vielleicht, weil wir irgendwann sterben – oder nicht überall sein können – weil unser Körper unser Gefängnis ist – sind wir automatisch Sachzwängen unterworfen?

STAATSANWALT: Erst denken wir alles weg. Dann sind wir frei.

VERTEIDIGER: Genau. – Genau, Herr Staatsanwalt, so haben wir uns das gedacht. So haben wir uns das früher vorgestellt, unbewusst. Irgendwann zog in dieser idealen Leere das Gewitter der Umweltkatastrophe heran: Groß. Dunkel. Bedrohlich. Die Menschheit hörte das Donnern, fürchtete die Blitze, doch sie blieb apathisch. Und Er – natürlich meine ich das leuchtende Beispiel, das Sie, Herr Staatsanwalt, erwähnt haben – Er, der sich selbst in der alten Demokratie zu beschränken wusste, stellte sich vor uns und sprach: Die Umwelt ist unser erster Sachzwang. Ein richtiges Leben ist ein Leben mit den richtigen Sachzwängen.

STAATSANWALT: Aus Ablasszahlungen wurde wahrer Ökoverstand: Aus Umweltsündern wurden Verbrecher, aus Verbrechern wurden freiwillige Schadstoffbeseitiger. Aus dem Kreuzchen an einem Sonntag in jedem vierten Herbst wurde ein Leben im Einklang mit der Umwelt. Aus einem Haufen Sachzwangverwalter wurde Er. Und Er wusste, was sie wollte.

VERTEIDIGER: Erst in unserer Neuen Glorreichen Demokratie hatte auch die Umwelt eine Stimme. Und Er sorgte dafür, dass sie gehört wurde. Endlich konnten wir im Einklang mit ihr leben.

ANGEKLAGTE: Endlich. Wir haben uns eine Katastrophe ohne den Präsidenten gar nicht mehr vorstellen können.

VERTEIDIGER: Endlich hörten wir die Umwelt klagen. Endlich konnten wir uns ihrer erbarmen. Doch dafür müssen die Lebensbedingungen stimmen, und das war bei meinem Mandanten nicht der Fall. Das hat die alte Demokratie nicht erlaubt. Es gibt kein richtiges Leben im falschen. In unserer Neuen Glorreichen Demokratie konnten wir endlich auf unser Gewissen hören. Doch davor waren wir taub. Taub – und deshalb unschuldig war auch mein Mandant.

PRÄSIDENT *leise:* Nein.

Black.

7. Szene (Staatsanwaltszene)

Die MAPs filmen nun ab und zu auch Nahaufnahmen, insbesondere bei längeren Plädoyers.

RICHTERIN *zu einem MAP:* Wo sind denn die Gutachter? Die sollen auch Wasser pumpen helfen. *Der MAP reagiert aber nicht. Pause,* dann fährt sie fort: So, das Wort hat der Staatsanwalt. Bitte.

STAATSANWALT: Wir schätzen die Ausführungen des Verteidigers zu unserer Neuen Glorreichen Demokratie. Und doch sind wir nicht derselben Meinung. Das Volk war dumm angesichts der Katastrophe. Dennoch hat die Seele des Volkes gekocht und die Befreiung gefordert — es hat nach der Befreiung durch die Neue Glorreiche Demokratie gerufen, um sich zu finden und um seinen Weg zum Licht zu gehen.

ANGEKLAGTER *hält sich den Kopf als ob etwas auf ihn einprasselt und ruft mit hoher Stimme:* Volk, Volk, Volk, zum Revolution-Machen war es gut genug.

STAATSANWALT: Aber Sie akzeptieren meine Prämissen? Prämisse A: Das Volk war dumm und träge. Prämisse B: Dummheit schützt vor Strafe nicht.

ANGEKLAGTER: Volk, Volk, Volk — lassen Sie doch das arme Volk in Ruhe.

STAATSANWALT: Prämisse A: Das Volk war dumm und träge. Prämisse B: Dummheit schützt vor Strafe nicht. Conclusio: Der Angeklagte muss bestraft werden.

ANGEKLAGTER *stöhnt, sich immer noch den Kopf haltend:* O, Gott!

STAATSANWALT: Sie erkennen sich wieder, Herr Angeklagter – Prämisse A!

ANGEKLAGTER: Das Volk war dumm und träge angesichts der Katastrophe. Das habe ich verstanden. Und heute funktionieren die Neuen Demokraten ganz wie die Neue Glorreiche Demokratie es wünscht. Als ob sich das geändert hätte.

STAATSANWALT *drohend:* Vorsicht.

ANGEKLAGTER: Und ich habe auch verstanden, dass ich nicht das Volk bin.

STAATSANWALT: Nicht Teil des Volkes? Oder auch kein Neuer Demokrat?

ANGEKLAGTER: Ich war vorne dran. Ich gehörte gewissermaßen zur verkannten Avantgarde. Ich hatte alles, alles für mich versucht. Diese Katastrophe hat mich politisch, aber auch privat schon so früh und so heftig getroffen, dass ... dass ich am Volk gescheitert bin.

STAATSANWALT *zynisch:* Ja, Sie haben ja viel mehr gelitten als das Volk.

ANGEKLAGTER: Ich habe früher, länger, einsamer gelitten – nach dem gewaltsamen Tod meiner Frau. Die Katastrophe ist schon über mir zusammengeschlagen, da sind andere noch dreimal im Jahr in den Urlaub geflogen.

STAATSANWALT: Später sind die anderen an den Folgen der Klimaveränderung gestorben, und Ihr Bewusstsein hat immer noch gelitten?

ANGEKLAGTER: Genau. Die anderen sind gestorben, weil sie dumm waren, unvorsichtig. Wenig Sonnenschutz, zuviel Bewegung an der vermeintlich frischen Luft, Spaziergänge im Regen. Prämisse B: Dummheit schützt vor Strafe nicht.

STAATSANWALT: Die anderen sind gestorben, weil Sie, Herr Angeklagter, immer noch Auto gefahren sind. Sie haben in vollem Bewusstsein und wider besseres Wissen zur Katastrophe beigetragen! Die Katastrophe im Sein schüren, aber nur im Bewusstsein leiden! Ist das nicht eine ganz besonders perfide Art von Dummheit?

ANGEKLAGTER: Sie wissen so gut wie ich, wie schwierig es in den letzten Jahren war zu überleben.

STAATSANWALT: Noch schwieriger war es zu überleben und die Umwelt nicht weiter zu zerstören.

ANGEKLAGTER: Nicht nur die Folgen der Katastrophe forderten immer mehr Anstrengungen von uns, sondern auch unsere Neue Glorreiche Demokratie: Recyceln und Spontaner Nachbarschaftsbesuch, Wasserpumpen und Wöchentliches Zellentreffen, Biogrubenlüften und Kreisdelegiertenkonferenz, Basisgespräch, Bezirksdelegiertenkonferenz und der ganze Mist mit der Basisjustiz: Denunziationsbereitschaft, Spontane Nachbarschaftsprozesse, Ökodation.

PROTOKOLLFÜHRERIN: Zur Ökodation bin ich schon immer gerne gegangen.

Der Angeklagte kichert.

STAATSANWALT *zum Angeklagten:* Spotten Sie nicht. Ziehen Sie nicht die Legitimität dieses Gerichts in Zweifel. Sie wissen so gut wie ich, dass Basisdemokratie, Basisjustiz und Ökologische Praxis die drei Grundpfeiler unserer Neuen Glorreichen Demokratie sind. Nur so konnten wir nach der Großen Deutschen Revolution die Verteilungsgerechtigkeit der Umweltschäden sicherstellen.

ANGEKLAGTER: Genau. Denn davor ist jeder – *höhnisch ergänzend* das ganze Volk – so viel Auto gefahren, wie er konnte, in der festen Überzeugung, dass die Umweltschäden gleichmäßig auf alle verteilt werden.

STAATSANWALT: In der überwundenen, in der dekadenten Gesellschaft war das Volk dumm. Der Neue

Glorreiche Demokrat ist sich immer seiner Verantwortung bewusst.

VERTEIDIGER *triumphierend, singend:* Aber, Herr Staatsanwalt, das muss Ihnen doch ebenso klar sein wie mir: Die Gesellschaft sucht die Katastrophe, jede Generation will sie aufs Neue. Zu verlockend ist es für den Menschen den Punkt hinter das letzte Kapitel der Menschheitsgeschichte zu setzen.

ANGEKLAGTER: Für mich war der Tod meiner Frau dieser Punkt. Danach hatte ich mit der Umweltkatastrophe nichts mehr zu tun. Warum lassen Sie mich nicht in Ruhe?

STAATSANWALT: Weil Verdrängung keine juristische Kategorie ist!

ANGEKLAGTER: Es muss doch ein Recht auf ein privates Leben geben, gerade angesichts der Umweltkatastrophe!

STAATSANWALT: Nein. In der Neuen Glorreichen Demokratie ist sich jeder seiner Handlungen und Sachzwänge immer vollkommen bewusst, fühlt sich immer vollkommen verantwortlich. Sie können nicht erwarten, dass Sie – nur weil Sie in ihrer Jugend einmal früher dran waren als die Mehrheit – ihr heute ungestraft hinterher stolpern dürfen. Egal, ob als Volksangehöriger oder als Neuer Demokrat: Sie waren schuldig, Sie sind schuldig und Sie werden immer schuldig sein. Anders formuliert: Sie haben sich auch schon schuldig gemacht, als sich die Umwelt noch nicht artikulieren konnte, noch nicht klagen konnte, noch nicht zurückschlagen konnte ... und dafür müssen Sie sich jetzt verantworten. Denn egal, was Sie früher waren, jetzt sind auch Sie ein Neuer Glorreicher Demokrat.

ANGEKLAGTER *nachäffend:* ... jetzt sind auch Sie ein Neuer Glorreicher Demokrat. Der Herr Oberstaatsanwalt, genannt Günther, der scharfe Hund ...

RICHTERIN: Bitte werden sie nicht persönlich, Herr Angeklagter!

ANGEKLAGTER *redet atemlos und schneller:* Der Günther hatte zwar nie einen Führerschein. Aber ich erinnere mich, dass ich ihn – es war glaube ich 2011 – da ...

RICHTERIN: Jetzt reicht's aber. Ich muss Sie verwarnen.

ANGEKLAGTER *gleichzeitig:* ... hatte mich der Herr Nachbar zeigt auf den Staatsanwalt gebeten, ihn jetzt sofort nach Ueckermünde zu fahren – seine Mutter liege im Sterben. Nach der langen Fahrt gehe ich einen Kaffee trinken. Und wer kommt rein? Güntherchen mit seiner Mutter. Sie war höchstens 22, blond, drall, quicklebendig ...

RICHTERIN *sehr laut:* Noch ein Wort ...

ANGEKLAGTER *versöhnlich:* ... und keinerlei sichtbare Geschwüre ... ich meine, ich habe es ihm wirklich gegönnt.

RICHTERIN *auch milder:* Sie haben es ihm gegönnt? Dann übernehmen Sie also auch die Verantwortung dafür.

STAATSANWALT *ertappt, aber froh darüber, dass das Gespräch so schnell diese Wendung nimmt:* Ja ... genau.

ANGEKLAGTER: Verantwortung übernehmen? Vor wem denn eigentlich? Vor euch? Vor der Pfütze da draußen? Verantwortung – Umwelt. Umwelt – Verantwortung. Verantwortung – Umwelt. Ich bitte euch. Ist das wirklich alles?

PRÄSIDENT *leise:* Frank, ich bin die Umwelt!

Black.

8. SZENE (RICHTERINSZENE – PLATONSZENE)

Das Wasser steht knöcheltief. Schaut man genau, so sieht man, dass der MAP am Monitor versucht, an einigen Szenen herumzuschneiden.

RICHTERIN: Angeklagter, wenn nun Krieg wäre, gegen ein Land, dessen Absichten allgemein als unlauter angesehen werden, und man würde dich rufen, so würdest du doch gewiss auch gehen?

ANGEKLAGTER: Was hat dieser Krieg mit mir zu tun?

RICHTERIN: Würde dieses Land, dessen Absichten allgemein als unlauter angesehen werden, den Krieg gewinnen, würdest auch du und dein Leben unter die Herrschaft dieses Landes fallen.

ANGEKLAGTER: Auch die Herrschaft, die weite Teile meines Lebens dominiert, habe ich mir nicht ausgesucht.

RICHTERIN: Bist du denn nicht zufrieden mit dieser Herrschaft?

ANGEKLAGTER: Wie könnte ich. Das Wasser steht uns bis zum Hals.

RICHTERIN: Und diese misslichen Umstände haben wir ganz dieser Herrschaft zu verdanken?

ANGEKLAGTER: Ja. Wem denn sonst?

STAATSANWALT *ironisch*: Ja, wem wohl?

RICHTERIN *den Staatsanwalt nicht beachtend:* Die Herrschaft war also schlecht und für diese misslichen Umstände verantwortlich?

ANGEKLAGTER: So sehe ich es zumindest.

RICHTERIN: Wenn die Herrschaft schlecht war, konnte sie doch nur für die misslichen Umstände verantwortlich sein.

ANGEKLAGTER: Etwas anderes will ich nie behaupten.

RICHTERIN: Kann aber eine schlechte Herrschaft jemals für ein positives Ereignis verantwortlich sein?

ANGEKLAGTER: Wohl kaum. Und wenn, dann wohl niemals absichtlich.

RICHTERIN: Eine schlechte Herrschaft kann also niemals, oder höchstens unabsichtlich, wie du sagst, für die Besserung der Umstände verantwortlich sein?

ANGEKLAGTER: Das ist die Meinung, die ich vertrete.

RICHTERIN: Gewiss bist du dann auch der Meinung, dass nur eine gute Herrschaft Gutes leisten kann?

ANGEKLAGTER: Gewiss.

RICHTERIN: Eine schlechte Herrschaft kann also nur Schlechtes, so wie eine gute Herrschaft nur Gutes leisten kann. Dieses mag deiner Ansicht nach gelten, solange uns das Schicksal keinen Streich spielt?

ANGEKLAGTER: Besser vermag auch ich es nicht darzustellen.

RICHTERIN: Wenn das alles so ist: Hast du dann alle Hoffnung fahren lassen?

ANGEKLAGTER: Ja. Der Tod meines Weibes hat mir alle Hoffnung geraubt. Doch an die Maßnahmen der Herrschenden habe ich als letztes geglaubt.

RICHTERIN: Wer ist denn Schuld an dem Tod deines Weibes? Die schlechte Herrschaft?

ANGEKLAGTER: Ja.

STAATSANWALT: Oder bist du schuld? Südfrankreich im August, bei den Werten – und du hast sie fahren lassen.

RICHTERIN *sehr scharf zum Staatsanwalt:* Bitte. Ich ziehe die Hebammentechnik des Sokrates jeder Reizung des Gesprächspartners vor. *Pause, zum Angeklagten:* Ist die schlechte Herrschaft also ganz alleine schuld? Oder trifft nicht auch jemand anderen die Schuld?

ANGEKLAGTER: Auch mir bereitet so ein Dialog Freude. Und: Ja, auch andere haben sich schuldig gemacht. Alle haben etwas falsch gemacht.

STAATSANWALT *für sich, sehr leise:* Gewäsch. *Er hält sich im weiteren Verlauf der Szene zurück, vielleicht verlässt er sogar seinen Platz, dieses „Gewäsch" raubt ihm seinen letzten Nerv.*

RICHTERIN: Wusste denn auch jeder, dass er etwas falsch macht?

ANGEKLAGTER: Alle hätten es wissen können.

RICHTERIN: Wenn alle etwas falsch gemacht haben und jeder es wissen konnte, dann haben also auch alle Schuld?

ANGEKLAGTER: So gesehen haben alle Schuld.

RICHTERIN: So gesehen hat also auch dein totes Weib Schuld?

ANGEKLAGTER: So gesehen schon! Mein Weib war besonders unvorsichtig.

RICHTERIN: Und du?

ANGEKLAGTER: So gesehen bin auch ich nicht unschuldig.

RICHTERIN: So gesehen?

ANGEKLAGTER: Lange genug habe ich gebraucht, um zu verstehen, dass man am besten so lebt wie die anderen – auch wenn es falsch ist.

RICHTERIN: Auch wenn man sich schuldig macht?

ANGEKLAGTER: Nur der Größenwahnsinnige würde da eine Schuld sehen.

RICHTERIN: Der Vernünftige nicht?

ANGEKLAGTER: Ich frage dich, die du mit mir zu Gericht sitzt: Hast du früher, noch vor der Epochenwende, die die Große Deutsche Revolution genannt wird, gedacht, dass du mit dem was du tust oder auch nicht tust, um die Umwelt zu schonen, du würdest die Welt retten? Bitte antworte mir ehrlich.

RICHTERIN: Die Fragen hier stelle doch lieber ich.

ANGEKLAGTER: Keiner hatte damit gerechnet, dass sein Verhalten die Welt retten könnte. Doch das richtige Handeln verbündet den Handelnden mit dem großen Ganzen. In seinem wohlwollenden Größenwahn hielt er sich für besser als das Volk. Das war sein Ansporn.

RICHTERIN: Aber war das genug?

ANGEKLAGTER: Er konnte sich auch jeglichen Tuns enthalten. Immerhin.

RICHTERIN: Doch schadete sein bürgerlicher Müßiggang nicht seinen Mitbürgern?

ANGEKLAGTER: Das will ich nicht in Abrede stellen. Aber traf es nicht seinesgleichen? Völlig anonym? Und blieb es nicht sozusagen im Volk?

RICHTERIN: Aber so starb dein Weib?

ANGEKLAGTER: Darauf werde ich noch eingehen. Doch zurück zum Größenwahn: Nach der Epochenwende wurde er staatlich verordnet.

RICHTERIN: Du sprichst wirr. Ein Leiden der Psyche hat nichts mit staatlichen Verordnungen zu tun.

ANGEKLAGTER: Doch, denn die, welche sich die Neuen Demokraten nannten, zerbrachen nicht nur das Schutzschild des Volkes. Man konnte sich nicht mehr messen, nicht mehr vergleichen. Das Individuum zählte nur noch als Individuum, als verantwortliches Individuum.

RICHTERIN: Die Menschen neigten dazu, sich hinter dem Volk zu verstecken.

ANGEKLAGTER: Ja. Doch da die Neuen Demokraten das Volk abgeschafft haben, wie soll man dann besser sein als dieses Volk. Das richtige Handeln erhebt den Handelnden zwar immer in Richtung des großen Ganzen – aber plötzlich steht jeder allein vor unserem Blauen Planeten. Um bei dieser individuellen Weltrettung in die dazu passende Verantwortung hineinzuwachsen, muss jeder einen einsamen Größenwahn entwickeln und pflegen.

RICHTERIN: Aber die Neuen Demokraten sind doch viel umweltbewusster als das alte Volk?

ANGEKLAGTER: Auch eine Art Größenwahn: Diese Sichtweise ist der Kardinalfehler unserer Epoche. Aus den Neuen Demokraten ist nie eine glorreiche Schicksalsgemeinschaft geworden. Individuelle Verantwortung ersetzte das gemeinsame Empfinden. Vor jeder Flutwelle lastete die Schuld schwer auf den Schultern jedes Einzelnen. Er ging dann zerknirscht in den Keller an seine ND:11:55-Handpumpe.

RICHTERIN: Aber jeder wollte überleben.

ANGEKLAGTER: Jeder zog sich in sein Schneckenhaus zurück. Nur Aug in Auge mit einem Taifun kam noch so etwas wie Gemeinsinn zustande, solange man überlebte.

RICHTERIN: Nachbarschaftsbesuche, Zellentreffen, Basisgespräch, Ökodation? Hast du dich denn bei diesen Gelegenheiten nicht mit deinen Mitbürgern austauschen können?

ANGEKLAGTER: Der staatlich verordnete Gemeinschaftssinn bestand ja doch nur aus Streit, Anzeigen und Anklagen und trieb uns noch mehr in unsere Schneckenhäuser zurück.

RICHTERIN: Aber die Angebote waren doch vielfältig.

ANGEKLAGTER: Aber die räumliche Mobilität war eingeschränkt. Wegen des schlechten Wetters verließ keiner mehr das Haus und verfolgte das Geschehen im Fernsehen.

RICHTERIN: Man war sich also einig?

ANGEKLAGTER: Ja, alle dachten dasselbe. In den Köpfen all dieser getrennten lebenden Individuen verkehrte sich der staatlich verordnete, medial vermittelte Größenwahn allerdings in sein Gegenteil. Aus der eigentlich guten Idee: ‚Tu was für die Umwelt und rette die Welt‘, wurde eine Obsession, ein Größenwahn der dunklen Art, der sich etwa so zusammenfassen lässt: ‚Tu‘ nichts für Umwelt. Dann bist du allein für den Untergang der Welt verantwortlich.‘

VERTEIDIGER *triumphierend, singend:* Zu verlockend ist es für den Menschen den Punkt hinter das letzte Kapitel der Menschheitsgeschichte zu setzen. *Er zuckt zusammen, hinter ihm im Schatten steht ein MAP.*

RICHTERIN *moderierend, zum Angeklagten:* Der große Ökodator hat einmal gesagt: Jeder automobile Kilometer ist ein Schritt auf den Abgrund zu. Denkst du wirklich, das war ein Aufruf?

ANGEKLAGTER: Möglich ist es. Wer alles mitreißt, kann sich sicher sein, nicht noch übertrumpft zu werden. Für alle Zeit kann man sich zur letzten, am weitesten entwickelten Menschengeneration rechnen.

RICHTERIN: Und du ließest dich von solch dunklen Gedanken leiten?

ANGEKLAGTER: Mir war es egal, wer was warum und wofür tut. Ich wollte nur Ruhe, Zeit für mich.

RICHTERIN: Wenn ich dich aber recht verstehe, befürwortest du also die individuelle Verantwortung, die individuelle Schuld und das dazu individuell berechnete Urteil.

ANGEKLAGTER: Die individuelle Verantwortung und die individuelle Schuld. Zu oft musste ich mit ansehen, wie jemand ohne alle Scham sich darum kümmerte, zu Geld oder Ehre zu kommen ohne sich um Wahrheit oder Vernunft zu kümmern.

RICHTERIN: Was ist mit dem individuell berechneten Urteil?

ANGEKLAGTER: Männer und Frauen, ich glaube nicht, dass eure Strafmaßberechnung meinem Leben gerecht werden könnte. Der Tod meiner Frau hat mich mehr gestraft, als wenn ich selbst gestorben wäre. Ihre Schmerzen waren meine Schmerzen. Meine Trauer war mehr Strafe als genug – Strafe sogar für noch nicht begangenes Unrecht.

RICHTERIN: Du erkennst also deine Schuld an, verweigerst aber das Urteil dieses Tribunals.

ANGEKLAGTER: So ist es. Du sagst es. Der Tod meines Weibes war Strafe genug.

RICHTERIN: Wenn dein Weib nun aber nicht gestorben wäre, wärest du dann nicht auch der Meinung, dass jeder Bürger für seinen Teil individuelle Verantwortung übernehmen muss?

ANGEKLAGTER: Individuelle Verantwortung, individuelle Schuld, individuelles Urteil mit individueller Strafe. Kommt das nicht euch, der Neuen Glorreichen Demokratie, entgegen?

RICHTERIN: Nicht ganz. Doch habe ich dich recht verstanden: Du bist also der Meinung, jeder sollte seine Strafe selbst bemessen?

ANGEKLAGTER: Das habe ich nicht behauptet. Ich für meinen Teil aber habe genug gelitten.

RICHTERIN: Und wer hat das beurteilt?

ANGEKLAGTER: Ich.

RICHTERIN: Und denkst du nicht, dass diese Beurteilung in Anbetracht der Lage etwas vermessen ist, um nicht zu sagen größenwahnsinnig?

ANGEKLAGTER: Nicht größenwahnsinniger als über jemanden anderen zu urteilen.

RICHTERIN: Du gibst also zu, dass das eine ebenso größenwahnsinnig ist wie das andere, das eine so gut wie das andere?

ANGEKLAGTER: Wenn du es so formulierst, kann ich wohl nicht anders, als dir zuzustimmen. Dennoch bleibt es Größenwahnsinn.

RICHTERIN: Aber wenn du nun mit demselben Maß gemessen wirst, wie alle anderen auch.

ANGEKLAGTER *freudig:* Beim Hunde, so finde ich es eigenartig, dass ich noch lebe.

RICHTERIN: Lebst du denn nicht gerne?

ANGEKLAGTER: Doch, lange Zeit habe ich gerne gelebt. Aber wer weiß, ob nicht der Tod die größte aller Wohltaten für den Menschen ist. Aber letztlich halte ich es für eines freien Mannes würdig, mit diesem Prozess den Tod zu erwirken. Denn nicht nur im Krieg *Pathos-Pause* sollte man dem Tode kalten Auges entgegensehen.

PROTOKOLLFÜHRERIN: Wau.

VERTEIDIGER *gleichzeitig:* Ui! *Sich sozusagen verbessernd:* Wohl gesprochen.

STAATSANWALT *beginnt gleichzeitig zu sprechen, höhnisch:* So zeigt sich am Vorabend des Todes der Gymnasiast.

RICHTERIN *überfordert:* Das Hohe Gericht zieht sich zurück.

Black.

Sechs fröhliche Kinder, die in Abständen von mindestens einem Meter nebeneinander am Bühnenrand stehen, ins Publikum blicken, Schwimmflügel tragen und sehr langsame Pumpbewegungen an imaginären Pumpen machen, singen folgendes Kinderlied:

Ich steh am Pumpenschwengel
Und denk an blaue Engel.
Säuseln, Schlürfen, Sprudeln –
Die Engel lieben Nudeln.

Ich zieh am Pumpenschwengel
Und denk an blaue Engel.
Hände fest am Bügel –
Sie heben ihre Flügel.

Ich drück den Pumpenschwengel
Und denk an blaue Engel.
Will ich wirklich siegen,
müssen die Engel fliegen.

Ich ziehe fest am Schwengel
Und denk an blaue Engel.
Das Wasser rauscht durchs Rohr:
Die Engel steigen empor.

Ich drücke fest den Schwengel
Und denk an blaue Engel.
Manchmal werde ich nass,
Doch Pumpen macht mir so Spaß.

Ich ziehe fest am Schwengel
Und denk an blaue Engel.
Sehr bald ist hier wohl Schluss –
Ein Engel gibt mir 'nen Kuss.

Ich denke an die Engel
Und drück noch mal den Schwengel.
Auch wenn ich nicht mehr kann,
Blau-Engel werd ich irgendwann.

Black.

9. Szene (Urteil)

Das Wasser reicht nun schon längst bis zu den Knien, aber das scheint niemanden zu stören. Die MAPs verwenden jetzt nur noch kleine kabellose Kameras.

RICHTERIN: Das Hohe Gericht hat sich beraten, kommen wir zur Urteilsverkündung.

RICHTERIN *verliest das Urteil, sie hat manchmal Probleme beim Vorlesen. Man merkt, dass sie den Text nicht selbst formuliert hat:*

Im Namen der Neuen Glorreichen Demokratie:

Der Angeklagte Frank Notzmann, geboren am 10. Oktober 1978 in Unter-Schwingenschlag wurde in einem Eilprozess mit heutigem Datum der vorsätzlichen Autofahrerei und der Mitschuld am tausendfachen gemeinschaftlichen Mord angeklagt. Die Beweisaufnahme gemäß Artikel 27 Handbuch des Spontangerichts wurde am heutigen Vormittag vorgenommen. Die Möglichkeit der Verteidigung nach Artikel 28 wurde gewährt: Der Verteidiger wurde gehört und dem Angeklagten wurde die Möglichkeit der Rechtfertigung eingeräumt. Somit sind alle nötigen Verfahrensschritte erfolgt.

Das hohe Gericht kommt zu folgendem Urteil:

Der Angeklagte ist schuldig in allen Punkten. Das Urteil räumt nicht die Möglichkeit der Revision ein. Die genaue Ermittlung des Strafmaßes erfolgt nach Paragraph 46 Neues Strafgesetzbuch in Verbindung mit Paragraph 27 Strafzumessung-Verordnung durch die kausal-statistische Strafmaßberechnung.

Der Angeklagte ist vorläufig und bis auf weiteres zu inhaftieren.

Der Staatsanwalt und die Protokollführerin sperren den Angeklagten in den Schrank. Der Staatsanwalt steckt den Schlüssel ein. Die Protokollführerin sichert den Schrank mit einem Besen, den sie durch die Griffe schiebt.

Black.

10. Szene (Bukolisches Idyll)

Das Wasser steht nun schon fast bis zur Tischkante. Es steigt. Rosemarie (Richterin), Kaspar (Verteidiger) und Günther (Staatsanwalt) sitzen am Tisch bei spärlichem Kerzenlicht und trinken Schnaps. Baby (Protokollführerin) hält sich unsichtbar im Hintergrund auf. Frank (Angeklagter) ist im Schrank eingesperrt.

GÜNTHER: Jetzt haben wir es geschafft. Was machen wir denn jetzt?

KASPAR: Brummbrumm.

GÜNTHER: Depp.

Rosemarie (Richterin), Kaspar (Verteidiger) und Günther (Staatsanwalt) stoßen an und trinken.

ROSEMARIE *schenkt nach:* Hat auch lange genug gedauert. Das habe ich mir anders vorgestellt.

KASPAR: Und diese Mops, widerliche Typen. Ständig steht einer neben dir und quatscht dir das Ohr voll.

GÜNTHER: MAPs! Medien-Assistenten des Präsidenten. Du willst ein bisschen für Recht und Ordnung sorgen, und schon steht der Präsident in der Tür.

ROSEMARIE: Wir sind eben seine letzten Schäfchen.

KASPAR: Uns hat er besonders gern.

Sie stoßen wieder an und trinken.

ROSEMARIE *schenkt nach:* Wo sind die eigentlich alle hin?

GÜNTHER: Unser großer Ökodator, der Präsident der Neuen Glorreichen Demokratie, hat uns auch schon verlassen.

KASPAR: Die Ratten verlassen das sinkende Schiff.

ROSEMARIE: Von wegen: „Wir sitzen alle in einem Boot."

BABY *sie ist im Raum, plätschert etwas rum, aber man sieht sie kaum:* Ich weiß gar nicht, was ihr habt. Ist doch wunderschön warm.

Sie stoßen wieder an und trinken. Rosemarie schenkt nach.

KASPAR *sich selber nachäffend:* Zu verlockend ist es für den Menschen den Punkt hinter das letzte Kapitel der Menschheitsgeschichte zu setzen.

Sie stoßen wieder an und trinken. Rosemarie vergisst das Nachschenken.

GÜNTHER: Was für ein Blödsinn.

KASPAR *ironisch:* Es muss auch irgendwie falsch gewesen sein. Der Mops hinter mir hatte einen eisenharten Griff. *Er schenkt nach.*

ROSEMARIE *steht auf, beugt sich zu ihm, der Tisch wackelt, die Kerze verlöscht, vollkommene Dunkelheit:* Du Armer. *Sie verliert das Gleichgewicht und fällt Kaspar in die Arme:* Huch.

KASPAR: Hoppala!

Sie küssen sich. – Man hört, dass Günther sich durchs Wasser nach hinten kämpft.

BABY: Was soll denn das?

GÜNTHER: Jetzt hab dich nicht so. Draußen scheint der Mond.

BABY: Tu deine Finger weg!

GÜNTHER: Ah! Jetzt komm! *Pause.* Ja, so ist's gut. *Pause.* Au! Jetzt hat mir das Luder den Schlüssel gestohlen. Sie will den Verurteilten befreien. Kaspar, jetzt hilf mir doch!

Man hört, wie das Schloss des Schranks aufgesperrt wird.

KASPAR *schon schwerer atmend:* Ja, wo sollen sie denn schon hin?

ROSEMARIE *lüstern:* Geh Günther, jetzt lass die Kleine doch. Die ist doch gar nicht deine Kragenweite … komm lieber zu mir.

Man hört, wie sich Günther zu Rosemarie und Kaspar gesellt – Stöhnen, Körper klatschen im Wasser aneinander. Auch im Schrank hört man es bumpern, rhythmisch – Frank und Baby stöhnen.

FRANK *ekstatisch:* Katharina, Katharina!

Man hört etwa 30 Sekunden lang das Wasser, es plätschert eher lieblich vor sich hin. Dann quietscht die Schranktür, der Schlüssel wird rumgedreht.

11. Szene (Weltuntergang auf Hüttendach)

Man sieht ein Almhüttendach (Holzschindeldach mit Findlingen beschwert). Die Hütte, in der der Prozess stattgefunden hat, steht bis zum Dach unter Wasser; Wasser bis zum Horizont. Baby und Rosemarie schlafen. Alle haben große Schirme dabei, die sie aber noch nicht aufgespannt haben. Morgendämmerung. Günther und Kaspar stehen auf dem Dach, schauen in die Ferne und unterhalten sich.

KASPAR: Nichts als Wasser ...

GÜNTHER: ... bis zum Horizont.

KASPAR: Die höchste Hütte...

GÜNTHER: ... weit und breit.

KASPAR: Ein Lehrstück?

GÜNTHER: Ja. Aber es hat nichts gebracht.

KASPAR: Was haben wir nicht alles versucht die letzten Jahrzehnte.

GÜNTHER *während Kaspar abwinkt:* Ökosteuer, unterirdische Lagerstätten von verflüssigtem CO2, Warnhinweise auf Pkws ...

KASPAR: ... „Autofahren fügt Ihnen und den Menschen in Ihrer Umgebung erheblichen Schaden zu" ...

GÜNTHER *während Kaspar abwinkt:* ... Verbot von Pkw-Werbung, Torpedieren von entstehenden Tornados, das Verschleppen von Eisschollen nach Afrika, die Genmanipulation von Meeresplankton, die Große Deutsche Revolution ...

KASPAR: ... hat auch nichts gebracht ...

GÜNTHER: ... Fahrverbote, Notschlachtung von methan-ausstoßenden Kühen, Windschutzwände aus aufgetürmten Autowracks, Besprenkelung der spanischen Wüstenhalbinsel, Atommüll ins All, die Atommassenverdichtung des skandinavischen Festlandes zur Korrektur des Weltwasserspiegels, der Versuch die Erdachse gerade zu stellen und zuletzt der Versuch das Magnetfeld der Erde zu korrigieren ...

KASPAR: ... der ganze Aktionismus hat nichts geholfen.

Günther schweigt.

KASPAR: Als die Chinesen zum Autofahren angefangen haben, da wussten wir ...

GÜNTHER: Als die Chinesen zum Autofahren aufgehört haben, war alles klar: ...

KASPAR: Ganz schnell sind sie ökologisch geworden, ...

GÜNTHER: ... weil ihnen die Konsumenten weg gestorben sind.

KASPAR: Im großen Stil.

Neben dem Hüttendach treibt langsam der noch verschlossene Schrank heran.

GÜNTHER: Dabei haben wir schon in der Grundschule gelernt, ...

FRANK, *der in diesem Moment die Türen des schwimmenden Schrank aufbricht:* ... dass jeder siebte Arbeitsplatz von der Autoindustrie abhängt.

KASPAR: Abhing.

GÜNTHER: Sieh an, der Angeklagte. Guten Morgen! Gut geschlafen?

FRANK *zündet sich genüsslich eine Zigarette an, was den Männern auf dem Dach nicht entgeht:* Naja, den Umständen entsprechend. Erst kommt sie zu mir in den Schrank, fickt mich und dann sperrt sie mich wieder ein. *Zu der schlafenden Baby, die er mit einer Hand voll Wasser nass spritzt:* Super Aktion!

Baby und Rosemarie wachen auf. Der Schrank schwimmt langsam weiter am Dach vorbei.

BABY *im Aufwachen, sich besinnend, ironisch:* Katharina, oh, Katharina.

Alle außer Frank lachen.

ROSEMARIE *lachend, aber noch nicht wirklich wach:* Das war klassisch, klassisch Mann.

FRANK: Ah ja. Tagt das hohe Gericht schon wieder?

GÜNTHER: Tabakwaren würden uns milder stimmen.

FRANK: Wenn ich mich aber weigere?

GÜNTHER: Müssen wir konfiszieren.

Allgemeines Lachen auf dem Dach. Die Frauen haken sich bei den Männern unter.

FRANK: Geht denn das nie vorüber?! *Er schmeißt einige Zigaretten einzeln auf das Hüttendach. Rosemarie, Günther und Kaspar versuchen die Zigaretten zu fangen oder sie am Herunterrollen vom Hüttendach zu hindern. Der Schrank hat schon fast den Bühnenrand erreicht.*

ROSEMARIE: Der Form halber kommen wir jetzt zur Urteilsverkündung ...

FRANK *lachend:* Bitte, bitte nicht!

ROSEMARIE: Im Schrank ...

BABY: ... hocken ...

ROSEMARIE, BABY *im Chor:* Im Schrank hocken ...

GÜNTHER: ... bis zum ...

KASPAR *schnell und selbstgefällig:* … Punkt hinter dem letzten Kapitel der Menschheitsgeschichte.

BABY: Genau!

ROSEMARIE, BABY, GÜNTHER *und* KASPAR *im Chor:* Im Schrank hocken bis zum Punkt hinter dem letzten Kapitel der Menschheitsgeschichte.

FRANK *zum Abschied winkend:* Brummbrumm.

Der Schrank und Frank treiben links von der Bühne.

ALLE *winkend:* Brummbrumm.

Die Sonne steht mittlerweile hoch am Himmel. Rosemarie, Günther und Kasper spannen ihre Schirme auf und zünden sich Zigaretten an, während Baby es sich auf dem Dach bequem macht, um sich zu sonnen.

KASPAR *sinnierend:* Niemals tut man so vollständig und so gut das Böse, …

GÜNTHER: … als wenn man es mit gutem Gewissen tut.

ROSEMARIE: Montaigne?

BABY: Nein, Pascal.

Lange Pause. Sie rauchen, schweigen, sonnen sich.

BABY: Wie war das eigentlich – Autofahren?

GÜNTHER: Heißt das, du bist nie selbst ...?

BABY: Ich bin doch erst 2003 geboren.

GÜNTHER: Aha, verstehe.

Lange Pause. Sie rauchen, schweigen, sonnen sich.

BABY *wendet sich an Kaspar:* Weißt du, wie das war mit dem Autofahren?

KASPAR: Ganz normal.

Pause, wie gehabt.

BABY *wendet sich an Rosemarie:* Also, wie war das – Autofahren?

ROSEMARIE: Schon schön. Und so praktisch.

Black.

Wasser bis zum Horizont. Der Präsident steht neben einer Rakete auf dem Abschussgerüst. Die Rakete schaut neben ihm aus dem Wasser. Eine Luke an der Raumkapsel steht offen. Es sieht so aus, als ob der Präsident mit der Rakete den Erdball verlassen möchte. Er hat eine Videokamera mit Monitor in den Händen. Er schaut sich das von den MAPs aufgenommene Video an und schneidet noch ein wenig daran herum.

Präsident *mehr für sich:* Zwei Dinge erfüllen das Gemüt mit immer neuer und zunehmender Bewunderung und Ehrfurcht, je öfter und anhaltender sich das Nachdenken damit beschäftigt: Der bestirnte Himmel über mir, und das moralische Gesetz in mir.
Pause.
Jetzt dauert es nicht mehr lange. Was haben wir nicht alles versucht. Wir haben Platz gemacht für die Moral. Wir haben alle Sachzwänge aus dem Weg geräumt. Wir haben jeden auf seine Verantwortung hingewiesen. Wir haben das Licht schon am Horizont aufgehen sehen. Der Sieg der Vernunft stand unmittelbar bevor. Die Werte stabilisierten sich. Die Überlebenden waren sich ihres historischen Auftrages bewusst. Eine neue Kultur der Nachhaltigkeit entstand, das erste Mal in der Menschheitsgeschichte. Verantwortung war kein Tabu mehr.
Pause.
Dieser Kampf wurde nicht umsonst gekämpft. Ich werde fernen Galaxien Zeugnis geben vom ewigen Streben nach einem Leben im Einklang mit der Natur – das Streben nach dem wahren Sein...

PRÄSIDENT: ... Zeugnis des Sieges der Gerechtigkeit. *Pause.* Nichts war umsonst.

Frank sitzt - mit dem Rücken zum Präsidenten - gemütlich rauchend in seinem Schrank, der von rechts in das Bühnenbild hinein schwimmt.

PRÄSIDENT *sieht Frank:* Haben sie dich gar nicht hingerichtet?

FRANK: Nein, eigentlich nicht.

PRÄSIDENT: Oft finden die Teilnehmer an Nachbarschaftsprozessen ja nicht mehr aus ihren Rollen und übertreiben dann.

FRANK: Sie haben aus ihren Rollen gefunden. Und sie haben mich trotzdem verurteilt. Der Form halber.

PRÄSIDENT: Zu was denn?

FRANK *zitierend:* Im Schrank hocken bis zum Punkt hinter dem letzten Kapitel der Menschheitsgeschichte.

PRÄSIDENT: Du hast es verdient.

FRANK: Und du setzt dich einfach in deine Rakete.

PRÄSIDENT: Menschen wie du haben dieses letzte Kapitel geschrieben.

FRANK: Du wolltest die Welt retten, aber die Verantwortung nicht übernehmen. Jeder sollte selber schuld sein. Der totale Individualismus.

PRÄSIDENT: Du bist schuld.

FRANK: Aber wie viele sind in deinem Namen gestorben?

PRÄSIDENT: Verantwortlich bist du. Bis auf mich hast du alle umgebracht. Acht Milliarden Menschen. Uns ging es immer um die Gerechtigkeit.

FRANK: Du hast es immer verstanden im Hintergrund zu siegen. Du hättest die Schuld auf dich nehmen müssen. Das wäre eine Chance gewesen.

PRÄSIDENT: Ach, ersauf doch in deiner Bauernschrankidylle. Ist da auch ein Herrgottswinkel drin?

FRANK: Eifersüchtig wegen Katharina?

PRÄSIDENT: Ich habe sie nicht umgebracht.

FRANK: Soll das eine Unterstellung sein? *steht in seinem Schrank auf.*

PRÄSIDENT: Menschen wie du ...

Der Präsident holt seine Kamera raus und beginnt Frank zu filmen, der in seinem Schrank den linken Bühnenrand schon bald erreicht hat.

FRANK: Ich habe alles für sie getan.

PRÄSIDENT: Menschen wie du, die es eigentlich besser hätten wissen müssen, haben sie umgebracht.

Der Präsident spult noch mal zurück.

FRANK: Du hast es ja schon immer besser gewusst. Deshalb hat sie dich auch verlassen. Das hätte dir doch eigentlich eine Lehre sein sollen. Erst läuft dir die Frau weg und dann auch noch das ganze Volk. Weil du die Menschen noch nie verstanden hast.

Der Präsident filmt wieder.

PRÄSIDENT: Menschen, die du umgebracht hast.

FRANK *schreiend aus dem Off*: Du hast sie umgebracht, du Schwein bist auch nicht besser als die anderen, du Biohitler, du Ökofaschist, Gurken-Göbbels, du Demeter-Ficker, Vollkorn-Scheißer, Gesundheits-Stalin, ... Ökofaschist, Biohitler ... *verstummt, weil ihm keine Worte mehr einfallen.*

Der Präsident spult noch mal ganz kurz zurück, filmt dem Angeklagten hinterher und spricht den Off-Text mit seiner schönsten Grzimek-Stimme: ...

Präsident: Sein Lebensraum ist zerstört und doch zeigt sich der Mensch immer noch uneinsichtig.

Der Präsident fummelt wieder an seiner Kamera herum und legt sie mit beiden Händen in die Raketenkapsel, bevor er die Luke schließt und die Rakete von außen mit der Hand zündet. Er tritt einen Schritt von der Rakete zurück.

Black.

Endspiel (Globus und Rakete)

Auf einer ansonsten schwarzen oder völlig dunklen Bühne kreist ein riesiger blauer Globus (ohne Kontinente) langsam auf seiner Umlaufbahn (und dreht sich, wenn möglich, um sich selber). Nach einiger Zeit fliegt eine sehr kleine (Silvester)-Rakete ins „All".

Ende.

Das Dilemma der Flachwurzler

Nachwort von Thommy Prudlo

Brandschatzende Meuten, plündernde Horden, die Auflösung der öffentlichen Ordnung, der Niedergang der moralischen Werte, alles, was über die Jahrtausende mühsam erarbeitet und austariert wurde, bricht innerhalb von 90 Minuten komplett zusammen – das typische Szenario eines Science-Fiction-Films. Betrachtet man die griechischen Feuersbrünste oder die Überschwemmung von New Orleans, so scheint die Gegenwart die Zukunft bereits eingeholt zu haben. Hier, in der so genannten zivilisierten Welt, wurden Schreckensvisionen Wirklichkeit, die uns einen Vorgeschmack auf das geben, was bei Umweltkatastrophen auf uns zukommen mag.

Geradezu irreal dagegen die Situation, mit der wir uns beim Stück ÖKODATION konfrontiert sehen. Gleichsam ein jüngstes Gericht, das in aller Ruhe und vermeintlicher Klarheit die Fehler der Vergangenheit aufarbeitet. Mit „deutscher Gründlichkeit" werden selbst kleinste Vergehen aufgelistet und abgestraft: Der kurze Trip nach Italien, die Fahrt mit dem Auto zur Arbeit. Alltagsvergehen, scheinbar vernachlässigbar, wenn wir den Gesamtausstoß an klimaschädigenden Gasen betrachten.

Noch können wir uns in diese Burg der Vernachlässigbarkeit unseres Handelns zurückziehen. Noch – denn persönliche Konsequenzen jenseits eines Ökotribunals, das uns nur in der ÖKODATION droht, sind unrealistisch. Deshalb wirken Appelle und Gebote kaum. Tagtäglich überschreiten wir die zum Teil bereits verinnerlichten Grenzen unseres Handelns, ohne dafür bestraft zu werden. So verwischen die bereits bestehenden Direktiven, die wir für uns aufgestellt haben oder die uns in der öffentlichen Debatte vorgegeben werden. Kaum noch können wir unser eigenes Handeln verorten: Was ist gut, unerheblich, schlecht?

Lösen sich die Zusammenhänge von Ursache und Wirkung auf, sind die unmittelbaren Folgen unseres Tuns nicht mehr nachvollziehbar. Sozial wie ökologisch ist das der Weg in die Katastrophe, weil Raum- und Zeithorizonte nicht mehr mit den schwerfälligen, aber nicht unbedingt stabilen Sozial- und Ökosystemen zusammenpassen. Hier liegen die großen Herausforderungen der Zukunft: Wie können wir kurzsichtiges und langfristiges Handeln aufeinander abstimmen?

Wenn wir uns eine tiefe Überzeugung aneignen und tausende von Einzelentscheidungen zu einem Puzzle zusammenstellen, kann uns das einem möglichst nachhaltigen Leben näherbringen. Doch auch diese Lösung ist unglaublich anstrengend und anspruchsvoll, weil selbst Ökobilanzen oftmals nicht die Klarheit bringen, wie wir sie uns wünschen, um eindeutige Handlungsdirektiven zu erhalten. Wenige einzelne Menschen haben sich auf diesen Weg gemacht, religiös und ethisch motiviert oder einfach nur dem Planeten und allem Leben inniglich verbunden, wie beispielsweise die Tiefenökologen. Die Mehrheit allerdings scheitert an diesem anspruchsvollen Vorhaben, völlig überfordert von der Geschwindigkeit und den Aufgaben des Alltags.

Zwangsläufig wird der Staat hier Vorgaben machen müssen, um ökologisches Handeln zu belohnen, sowie er auch nicht-ökologisches Verhalten über Steuern oder Verbote zu regulieren versucht. Hunderte von Maßnahmen wurden bereits angepackt. Viele werden jedoch als Limitierung unseres gewohnten Lebensstils aufgefasst. Das wollen wir nicht. Wir wollen keine quengelnde, uns einschränkende Obrigkeit. Wir empfinden dies als Bevormundung, die wir in der Pubertät bereits bekämpft und hinter uns gelassen haben. Eine „Neue glorreiche Demokratie", die sich über uns stellt, wollen wir nicht. Doch wie sonst kann unser Alltagsleben mit den ökologischen Prämissen einhergehen? Soll Nachhaltigkeit Lust und Spaß machen? Ja, warum eigentlich nicht? Was daran ist so abstrus?

Gute Ernährung, Radlfahren, intelligent bauen und wohnen, die effiziente Verwendung von Hightec-Geräte – wieso soll dies weniger Laune machen als die Gewohnheiten von vorgestern? Öko muss Lifestyle werden. Und das nicht von ungefähr. Denn dieses Credo der Umweltpädagogen wird durch eine interessante wissenschaftliche Untersuchung gestützt: Früher ging man in der Pädagogik davon aus, dass das Handeln immer der Erkenntnis folgt. Mittlerweile weiß man, dass in den Wechselwirkungen zwischen Verhalten und Einstellung oftmals das Handeln selbst der Impuls und der Anfang einer umfassenden Einstellungsänderung ist. Der Mensch neigt dazu, automatisch sein Handeln zu verteidigen.

Wenn ökologisches Handeln in seinen mannigfachen Ausprägungen zum Lifestyle wird, dann verändert sich auch die Einstellung dazu. Am besten ist dies bei ökologischen Lebensmitteln zu beobachten. Bio ist gesund und lecker. Ich esse Bio-Produkte. Also befürworte ich auch kontrolliert biologische Landwirtschaft, bin ich für ökologisch sinnvolles Wirtschaften im Allgemeinen.

Die Herausforderung liegt also darin, ökologisches Handeln möglichst Lifestyle-gerecht zu verpacken. Wir müssen alle Öko-Produkte sexy machen. Und genau hier stößt dieses Modell an seine Grenzen. Denn in einer freien Marktwirtschaft kämpfen viele Produkte um die Meinungsführerschaft. Freiheit, Glück, Abenteuer liegen zudem meist in der Ferne, weit weg von den kleinen, dezentralen Strukturen, die wir in der Welt vor Ort aufgebaut haben. Damit rücken auch Verantwortung und ökologisches Handeln in weite Ferne. Es bleibt unweigerlich der Eindruck, dass das Bemühen, Ökologie stylisch zu machen, sich in die Ideologie der „schönen neuen Welt" einreiht und dort konturlos untergeht – oder einfach als Rechtfertigung für anderen ökologischen Sünden dient.

In der Pflanzenwelt würde man dies als Flachwurzler bezeichnen. Schnell breiten sie sich aus und machen eine gute Figur. Doch bereits ein mittelgroßer Sturm reißt sie aus den Fugen. Kein Problem! Flachwurzler finden alsbald einen anderen Ort. Ja, der Siegszug der Beliebigkeit scheint unaufhaltsam. Das Dilemma daran: Dieses Denken steht sozialen und ökologischen Systemen fundamental entgegnen, die sich eben nicht aus Beliebigkeit und dem Erhaschen von Augenblicksvorteilen speisen, die in langwierigen Prozessen ein halbwegs stabiles Gleichgewicht erreicht haben. Wir müssen also für tiefere Wurzeln sorgen.

Um eine kleine Chance zu haben, sollten wir uns einem Begriff zu nähern, der ebenso malträtiert wie richtig ist: Liebenlernen.

Ganz im Sinne von Erich Fromm mit Konzentration, Demut, Disziplin – und am besten schon als Kind – wie selbstverständlich durch einen ganz engen Bezug zu unseren Lebensgrundlagen. Denn nur Liebgewordenes verteidigen wir, schützen es, kämpfen darum. Genau das wird notwendig sein, um dem Szenario, das wir in der ÖKODATION kennenlernen, nicht zu bald *live* im Leben zu begegnen. So wenig uns eine Ökodiktatur in irgendeiner Form weiterbringt, so gefährlich ist es, die negativen und positiven Freiheitsrechte in der ursprünglichen Dimension fortzuschreiben ohne den Makrokosmos zu beachten. Und schließlich: Das Thema Ökologie, radikal gedacht – und nur darum kann es gehen –, ist bei der vorhandenen Bevölkerungsdichte immer eine Frage der Selbstbeschränkung. Darum winden wir uns so. Ökologie sollte doch Spaß machen.

Tatsächlich aber trifft der eine Planet mit seinen beschränkten Ressourcen auf eine immer größer werdende Dynamik des zerstörerischen Konsums. Die Grenzen der materiellen Sättigung werden Jahr für Jahr weiter ausgeweitet, die massiven Überschreitungen der Belastbarkeitsgrenzen sollen mit geradezu phantastischen technischen Lösungen eingefangen werden. Der Grundoptimismus, gestützt von einem unglaublichen Machbarkeitsfetisch muss aufrechterhalten werden, um all die labilen Systeme nicht zu gefährden, um keinen wirtschaftlichen Kollaps zu riskieren, dem ein politischer Kollaps umgehend folgen würde. In diesen Zusammenhängen wirkt die Glorifizierung eines sich selbst beschränkenden, nachhaltigen Lifestyles schon als Provokation.

Da liegt es nun, das Stück, das es in sich hat. Die Vorwegnahme der Apokalypse, die in eine Ökodiktatur mündet, die es sich nicht nehmen lässt in Form eines jüngsten Gerichts nochmals die Ökosünden einzelner Menschen aufzuarbeiten und abzustrafen. Beängstigend absurd! Vielleicht die einzig verbleibende künstlerische Form im Angesicht wachsender Zweifel, ob das Durchdeklinieren selbst aller Optionen greifen wird.

Thommy Prudlo ist Geschäftsführer der Green City Energy GmbH, München. Von 1998 bis 2005 war er Geschäftsführer des Green City e. V., München.

Materialien

20 Jahre „Nicht Wirklich"

Von Theresa Knesebeck

In seinem Artikel „Warum schweigen wir? Das Grundgesetz vom Niedergang – oder: Die Chancen des menschlichen Überlebens auf dem Planeten Erde" in der Süddeutschen Zeitung vom 24. Juni 1988 stellt Lothar Mayer zwei Thesen auf.

Im Hinblick auf einen angemessenen Umgang mit der Natur stellt er die Frage, wieso wir in der Realität nicht umsetzen können, was wir in der Theorie als unerlässlich erkannt haben? Und er beantwortet diese Frage sogleich selbst: „Daran, daß wir könnten, wenn wir wollten, besteht wohl kein Zweifel. Die Frage ist: Sind wir bereit, den Preis zu bezahlen? Und an dieser Frage mißt sich die Beschaffenheit des Wollens. Es gibt offenbar noch eine Kategorie zwischen Können und Wollen, die unsere Sprache durch kein eigenes Modalverb abdeckt: nicht wirklich, ernsthaft, dringend wollen. Es ist das Wollen des Trinkers, des Rauchers, allgemein des Süchtigen, der ja auch in den meisten Fällen aufhören will – oder möchte."

Im Weiteren geht Mayer seiner Vermutung nach, dass der, welcher in diesem Zusammenhang nicht wirklich will, der Mitläufer ist. Der Untergang des Menschen auf dem Planeten Erde vollzieht sich seiner Meinung nach gemäß des Naturgesetzes der Entropie. Mayer schreibt: „Ich falle, dem Gravitationsgesetz folgend, wenn ich mich fallen lasse. Demnach ist der Schlüssel zu dem Unheil, in das wir sehenden Auges hineinrasen, der Mitläufer: das soziale Wesen, welches das, was nach den Regeln der Entropie ablaufen wird, geschehen läßt.“

Letztlich hängt das Überleben des Menschen nicht von den Fakten und Szenarien ab, wie wir sie immer wieder kennen lernen, sondern davon, ob die Menschen ihr Verhalten ändern können, ob aus Mitläufern verantwortungsbewusste Menschen werden. Mayer geht in diesem Artikel noch weiter, in dem er auf der Basis einer Dokumentation, die er kürzlich im Fernsehen gesehen hatte, unökologische Mitläufer mit Nazi-Mitläufern vergleicht: „Die Schlüsselfigur, die beide Katastrophen gegen besseres Wissen möglich macht, ist der Mitläufer. ... Den Film ‚Mitläufer – wer hat unsere Welt unbewohnbar gemacht?‘ könnten wir heute schon drehen, statt ihn in 50 Jahre mühsam aus den Archiven zusammenzusuchen. Die Spielszenen aus dem Alltag des Mitläufers können wir umsonst haben, wenn wir einen Tag lang bei unseren Freunden und bei uns zu Hause eine Videokamera laufen lassen.“ Mayer hakt nach, wieso es denkende Menschen nicht schaffen, vernünftig zu handeln: „Was zwingt uns, so viele Megatonnen an Kohle und Erdöl zu verbrennen, daß das Klima der Erde irreparabel geschädigt wird?“

Im Winter 2003/4 fand man in fast allen Tageszeitungen Meldungen über eine Studie britischer Klimaforscher. Peter A. Stott und seine Kollegen vom Hadley Centre in Reading konnten beweisen, dass die extreme Hitzewelle des Sommers 2003 aller Wahrscheinlichkeit nach dem vom Menschen verursachten Klimawandel zuzuschreiben ist. In diesem Sommer fielen 35.000 Menschen in Europa der enormen Hitze zum Opfer.

16 Jahre vorher schrieb Lothar Mayer: „Keine Frage: Wir wussten es alle. Und: Niemand hinderte uns daran, dagegen zu sein, dagegen zu protestieren, dagegen Sturm zu laufen, oder, wenn das nichts hilft, auszusteigen. Warum haben so wenige dies getan? … Im Gegensatz zur Nazizeit hätten sie nicht ihre Existenz, sondern schlimmstenfalls ihre bürgerliche Existenz aufs Spiel gesetzt. Keine Frage also: Wir konnten es wissen. Ob wir es wissen wollten, ist eine andere Frage – genau wie in der Nazizeit. Natürlich kann man die Augen verschließen, heute wie damals: Die Massengräber liegen ja nicht vor unserer Haustüre, sondern irgendwo in Mähren – heute liegen sie im Jahr 2000 oder noch später.“

35.000 sind Anlass genug, dass wir uns auch heute noch den bohrenden, ja fast unverschämten Fragen, die Lothar Mayer vor 20 Jahren formulierte, stellen müssen: „Sind wir also Mitläufer der ökologischen Zerstörung? Zerbricht mit uns noch einmal, und diesmal noch gründlicher, eine Welt? Kein Joseph Goebbels hat uns je gefragt: Wollt ihr den totalen Krieg gegen die Natur? Aber unsere jubelnde Zustimmung klingelt jeden Tag in den Kassen der Supermärkte und Kaufhäuser, wenn wir unsere Milch im Plastikbeutel, unser pestizidgepäppeltes Gemüse, unsere Deo-Spray und die leuchtend-roten Steaks bezahlen.“

Eine solche Perspektive, die Ende der Achtziger Jahre noch einigermaßen populär war, ist heute nach immer noch mehr Jahren der wirtschaftlichen Expansion ungewöhnlich, ja gewöhnungsbedürftig. Zwanzig Jahre hat unser Bewusstsein sich abgearbeitet an dem „Nicht-wirklich-wollen“, zwanzig Jahre haben wir uns um den Entzug gedrückt, wohl in der Hoffnung das Klima erhole sich ohne unser Zutun.

Vermutlich werden wir auch weiter verdrängen. Dem Gesetzgeber in Bayern gelingt es heute ja nicht einmal, das Rauchen in öffentlich zugänglichen Lokalen zu unterbinden. Gemäß der hier vorgestellten Perspektive stelle ich die Frage: Ist das ein Versuchsballon für unpopuläre Gesetzesänderungen, wie sie zur Verbesserung des Klimas nötig wären? Oder ist es nur ein Ablenkungsmanöver, um die wichtigeren ökologischen Probleme in den Hintergrund zu drängen?

Im April 2008

Das vollständige Urteil

RICHTERIN *verliest das Urteil, sie hat manchmal Probleme beim Vorlesen. Man merkt, dass sie den Text nicht selbst formuliert hat:*

Im Namen der Neuen Glorreichen Demokratie:

Der Angeklagte Frank Notzmann, geboren am 10. Oktober 1978 in Unter-Schwingenschlag wurde in einem Eilprozess mit heutigem Datum der vorsätzlichen Autofahrerei und der Mitschuld am tausendfachen gemeinschaftlichen Mord angeklagt. Die Beweisaufnahme gemäß Artikel 27 Handbuch des Spontangerichts wurde am heutigen Vormittag vorgenommen. Die Möglichkeit der Verteidigung nach Artikel 28 wurde gewährt: Der Verteidiger wurde gehört und dem Angeklagten wurde die Möglichkeit der Rechtfertigung eingeräumt. Somit sind alle nötigen Verfahrensschritte erfolgt.

Das hohe Gericht kommt zu folgendem Urteil:

Der Angeklagte gestand vielfache Autofahrten zum Arbeitsplatz ein, die teilweise über Jahre hinweg erfolgt sind. Dem Einspruch, dass eine Zwangssituation vorlag, konnte nicht gefolgt werden. Es hat sich bereits in der Folge der Ölverknappung herausgestellt, dass Arbeitsplätze auch ohne Auto zu erreichen sind. Insofern wird keine Strafminderung gewährt.

Der Angeklagte hat drei Fahrten ins Berchtesgadener Land und nach Südtirol gestanden, sowie Fahrten in Italien mit einem Leihwagen und drei Fahrten ins entlegene Italien, Montalcino, Montepulciano und Stromboli, wo auch die Leistung einer Übernachtung in einer Hütte erschlichen wurde. Des Weiteren wurde eine Reise nach Ägypten eingestanden. *Mit Seitenblick auf den Staatsanwalt:* Überdies hat der Angeklagte eine Fahrt in das entlegene Ueckermünde gestanden.

Der Angeklagte hat von der negativen Beeinflussung durch seine damalige Ehefrau, Katharina Notzmann, geborene Richthofen, geboren am 27. April 1979 in Mengenburg, gestorben am 4. August 2003 in Nîmes, berichtet. Das Gericht hat geprüft, ob Anstiftung nach Paragraph 45 Neues Strafgesetzbuch oder emotionale Nötigung nach Paragraph 49 Neues Strafgesetzbuch vorlagen und kam zu einem negativen Ergebnis. Insofern besteht keine Minderung der Verantwortung. Das Gericht hat nicht geprüft, ob das Verhalten von Frau Katharina Notzmann den Tatbestand der Beihilfe erfüllt und damit strafrechtlich relevant wäre.

Die Erschleichung einer Übernachtung in einer italienischen Hütte steht nicht in einem nahen Zusammenhang zur verhandelten Hauptsache. Von einer Erweiterung der Anklage um diesen Punkt wird deshalb abgesehen.

Die Folgen von Umweltverschmutzungen wurden im Laufe dieses Prozesses in zwei Gutachten von den Sachverständigen Prof. Dr. Emil Klein und Dr. Dr.

Gundula Becker vorgetragen. Folgen von Umweltverschmutzungen wurden auch ab Ende der 70er Jahre des letzten Jahrhunderts – also schon lange vor der Übernahme der Regierungsarbeit durch die Neue Glorreiche Demokratie – verstärkt in den Medien diskutiert und ab der Jahrtausendwende wissenschaftlich nachgewiesen. Insofern bestand beim Angeklagten Bewusstseinsmöglichkeit.

Der Zusammenhang zwischen mutwilliger Autofahrerei und den angeführten Folgen für die Umwelt ist kausal hinreichend geklärt nach dem Gesetz der großen Zahl und der Verordnung zur kausal-statistischen Strafmaßzuordnung. Die Mitschuld an den durch die Gutachten angeführten 3,2 Millionen Todesopfern, schaut auf und fügt ein – von den letzten Jahren gar nicht zu sprechen – den volkswirtschaftlichen Schäden und den anderen der Anklageschrift zu entnehmenden Anklagepunkten, ist damit hinreichend bewiesen.

Jeglichen Versuchen, eine individuelle Schuldigkeit mit Hilfe verantwortungsmindernder Hinweise auf Dritte zu delegieren, konnte nicht entsprochen werden. Das Gericht konnte nie von etwas anderem als von einer persönlichen Verantwortung jeglicher durchgeführter Handlungen ausgehen.

Insofern wird dem Antrag der Staatsanwaltschaft voll entsprochen. Der Angeklagte ist schuldig in allen Punkten. Das Urteil räumt nicht die Möglichkeit der Revision ein. Die genaue Ermittlung des Strafmaßes erfolgt nach Paragraph 46 Neues Strafgesetzbuch in

Verbindung mit Paragraph 27 Strafzumessungsverord-
nung durch die kausal-statistische Strafmaßberechnung.

Der Angeklagte ist vorläufig und bis auf weiteres zu inhaftieren.

*Der Staatsanwalt und die Protokollführerin sperren den
Angeklagten in den Schrank. Der Staatsanwalt steckt den
Schlüssel ein. Die Protokollführerin sichert den Schrank
mit einem Besen, den sie durch die Griffe schiebt.*

Black.

Parabel von der Besteigung des e^x, die nicht wahr sein kann, weil man nicht weiß, wer sie erzählt

Von Philipp Catterfeld

Es war einmal ein Bergsteiger. Der wollte den Berg e^x besteigen. Niemand hatte das je gewagt. Auch wusste keiner wie hoch der Berg e^x wirklich war. Keiner konnte sich vorstellen, dass es überhaupt möglich war, den Berg e^x zu besteigen und lebend wieder herabzusteigen. Doch der Plan der Besteigung war so ungeheuerlich, dass es auch keiner wagte, den Bergsteiger aufzuhalten.

Am Fuße des Berges ging es noch ganz gemächlich hoch. Der Aufstieg schien erst mal nur einer langen Wanderung zu gleichen. Und doch ging es immer bergauf. Und doch wurde der Weg mit jedem Schritt steiler. Etwa auf halber Höhe kam der Bergsteiger durch eine wunderschöne und reiche Stadt. Und Tage später durch eine Stadt, die noch viel schöner und reicher war als die erste. Und dann, der Weg war schon sehr steil geworden, gelangte er zu einer Stadt, die so schön und so reich war, dass sich der Bergsteiger keine Steigerung dieser Schönheit und dieses Reichtums mehr vorstellen konnte. In dieser Stadt erläuterte er den Stadtoberen seinen Plan und bat sie die Zeugen seiner Besteigung zu sein. Sie sollten ihn durch die größten und schönsten Ferngläser bei seiner Besteigung beobachten, um so seinen Ruhm für die Nachwelt und für die, die weiter unten am Berg lebten, festzuhalten. Die Stadtoberen legten die Stirnen in Falten, wiegten die Köpfe hin und her, doch sie wagten es nicht, den Bergsteiger aufzuhalten, denn so ungeheuerlich war sein Plan. „Ja, wir wollen dich beobachten." sagten sie, rieten ihm aber zu größter Vorsicht. Auch um ihretwillen, denn der Gipfel des e^x befand sich fast senkrecht über der Stadt.

Wieder machte sich der Bergsteiger also auf zu einer neuen Etappe. Bald befand er sich in einem Gelände, in dem noch nie jemand vorher gewesen war. 88,5 Grad ragte der e^x in die Höhe. Doch seinen Gipfel konnte man noch nicht erkennen. Selbst Tage später hatte sich in dieser senkrechten Landschaft kaum etwas verändert. Nur die Luft wurde immer dünner.

Dann aber hatte der Bergsteiger das Gefühl, er könnte den Gipfel erblicken. In diesem Moment löste sich unter seinem Fuß ein kleiner Stein, so groß wie eine Münze. Doch der Bergsteiger merkte nichts davon, zu sehr zog ihn der Anblick dessen in Bann, was er für den Gipfel hielt. Der kleine Stein aber - fast schon im freien Fall an der fast senkrechten Wand hinab - riss andere Steine mit, die größere Steine mitrissen und größere, die Bäume mitrissen und Pflanzen und alle Tiere und die reichste Stadt mit den schönsten und größten Ferngläsern und die fast reichste und die reiche. Ein riesiger Lawinenstrom floss den Berg e^x hinab, oder war nicht der Berg dieser Strom? Man weiß es nicht. Man weiß auch nicht, ob der Bergsteiger sein Ziel erreicht hat. Niemand hatte ihn je wieder gesehen. Die Bewohner der schönsten und reichsten Stadt, aber auch alle anderen, alle sind tot.

ANMERKUNGEN

Seite 12: „Neun-Elfer“. Ein Neun-Elfer war in der Zeit des Autofahrens ein Automobil mit hohem Sozialprestige. Der offizielle Name dieses Pkws war Posche 911.

Seite 29: „Bei nicht-melanomem Hautkrebs hat jede einprozentige Abnahme des stratosphärischen Ozons eine durchschnittliche jährliche Zunahme der Fälle von 1 bis 6 Prozent zur Folge. Bei Plattenepithelkarzinomen und Basalzellkarzinomen variiert dieser Prozentsatz zwischen 1,5 und 2,5 Prozent.“ Prof. Klein zitiert hier aus dem *Dritten Lagebericht der Europäischen Umweltagentur,* Luxemburg: Amt für amtliche Veröffentlichungen der Europäischen Gemeinschaften, 2002, S. 56

Seite 45: „Es gibt kein richtiges Leben im falschen.“ Der Verteidiger zitiert hier aus Adornos *Minima Moralia: Reflexionen aus dem beschädigten Leben.* 21. Auflage. Frankfurt / Main: Suhrkamp, 1993 [1951], S. 42

Seite 79: „Zwei Dinge erfüllen das Gemüt mit immer neuer und zunehmender Bewunderung und Ehrfurcht, je öfter und anhaltender sich das Nachdenken damit beschäftigt: Der bestirnte Himmel über mir, und das moralische Gesetz in mir.“ Der Präsident zitiert hier aus Immanuel Kants *Kritik der praktischen Vernunft.* Werkausgabe Bd. 7. Hrsg. von Wilhelm Weischedel. Frankfurt / Main: Suhrkamp, 1974 [1788], S. 300

Die Autoren

Alban Knecht, Jahrgang 1968, studierte Volkswirtschaft, Sozialpädagogik und Soziologie in München und Freiburg. Er promoviert zurzeit über Lebensqualitätskonzepte an der LMU München. Sein besonderes Interesse gilt sozial- und umweltpolitischen Themen. www.albanknecht.de

Philipp Catterfeld, Jahrgang 1967, studierte Soziologie, Psychologie und Philosophie an der LMU München, sowie Theater-, Film- und Fernsehkritik an der Bayerischen Theaterakademie August Everding in München. Er arbeitet als Barmann und Journalist. www.phca.de

Weitere Informationen: www.oekodation.de